マグル式

〈ハリー・ポッター〉魔法の読み解き方

藤城真澄&
ホグワーツ魔術研究所

日本文芸社

マグル式

〈ハリー・ポッター〉魔法の読み解き方

HARRY POTTER

Maggle's way of how to solve magic arts

藤城真澄&ホグワーツ魔術研究所

日本文芸社

まえがき

　1997年、イギリスで1冊の児童書が出版された。『ハリー・ポッター』シリーズ第1巻、著者は無名の新人J・K・ローリング。

　無名の作家によるシリーズもの、1年に1冊しか出版されない、しかも1冊が児童書とは思えない長編で複雑な内容、これだけでも驚きなのに、『ハリー・ポッター』シリーズはイギリス全土を巻き込んだ大ヒットとなった。

　2000年7月8日、シリーズ第4作目となる『ハリー・ポッターと炎のゴブレット』が本国イギリスで出版されたときには、書店の前に長蛇の列ができた。

　そして、現在『ハリー・ポッター』シリーズは世界42カ国で翻訳され、1億部以上の売り上げを達成。この〝1億部〟という数字は、世界ベストセラーランキング第1位『聖書』の60億部、第2位『毛沢東語録』の9億部につづくとんでもない数字であり、『ハリー・ポッター』シリーズは瞬く間に世界的大ベストセラーへと成長していったのである。

日本も例外ではなく、ベストセラー週間ランキングなどで、1位から3位まで『ハリー・ポッター』シリーズ独占という光景をよく見かける。また、日本公開が2001年12月1日に迫っている映画版『ハリー・ポッターと賢者の石』は、なんと世界61カ国で公開予定。

そのため、その魅力を分析しようとメディアなどでも多く取り上げられ、『ハリー・ポッター』という名前だけが一人歩きしているようにも感じられる。

そんな状況だから、おそらく『ハリー・ポッター』愛読者の多くは、「どんな本なの？」と一度は質問されたことがあるだろう。そんなとき、どう説明すればよいのか困ったことはないだろうか。

『ハリー・ポッター』シリーズを一言で説明するならば、〝ハリー・ポッターという魔法使いの少年の冒険の話〟である。しかし、こんな簡単な一言で説明できるような世界でないのは、読者の方々の方がよくご存じかと思う。

本書は、そんな一言では表現しきれない『ハリー・ポッター』の魅力を様々な角度から分析・検証し、より深く多くの方に『ハリー・ポッター』を理解してもらうために作られたものである。

　これまで出版された第3巻までを復習するために読むもよし、日本語版の『ハリー・ポッターと炎のゴブレット』と『ハリー・ポッターとフェニックス勲章』が出版されるまでの虚無感を埋めるために読むもよし、『ハリー・ポッター』を理解させるために、まだその世界に足を踏み入れていない人たちに読ませるもよし、お好きな使い方で本書を楽しんでいただければと思う。

　たった1冊で『ハリー・ポッター』シリーズの魅力すべてを語るというのは難しいとは思うが、なぜ我々はこんなにも『ハリー・ポッター』に魅せられてしまったのか、その本質、神髄に少しでも近づいて、今後さらに『ハリー・ポッター』を楽しむための一助となれば幸いである。

２００１年10月　藤城真澄&ホグワーツ魔術研究所

※本書では『ハリー・ポッターと賢者の石』を①、『ハリー・ポッターと秘密の部屋』を②、『ハリーポッターとアズカバンの囚人』を③として表記しました。

マグル式〈ハリー・ポッター〉魔法の読み解き方

Contents;

まえがき……3

第①章＝ハリー・ポッターのすべて

◆ハリー・ポッタープロフィール……10

◆ハリーの仲間たち……19

第②章＝ハリー・ポッター大事典

◆ホグワーツ魔法魔術学校入学案内……36

◆魔法学――魔法の種類とその分類……45

◆クィディッチ入門……67

◆基本呪文集—マグル用 …… 81
◆魔法界ショップリスト …… 86
◆魔法界法律辞典 …… 94
◆名前辞典 …… 102
◆用語辞典 …… 109

第③章＝どこまでもハリー・ポッター

◆ハリーの通信簿 …… 120
◆ハリー・ポッター恋の行方 …… 128
◆ポッター夫妻の秘密 …… 134
◆ヴォルデモートの正体 …… 143
◆魔法使いを捜せ …… 152
◆ハグリッドの幻獣小屋 …… 160
◆ハリー・ポッター公開オーディション …… 172

◆ホグワーツ魔法魔術学校第×××回卒業式 …… 181
◆ふくろう—標準魔法レベル試験（O・W・L）—マグル用　組分け帽子機能付き …… 188

第④章＝ハリー・ポッターが愛される理由

◆キャラクターランキング …… 200
◆ダーズリー夫妻の存在理由 …… 209
◆ファンタジー小説界としてのハリー・ポッター …… 214
◆ハリー・ポッターに込められた想い …… 218

第⑤章＝ストーリー解説

◆『ハリー・ポッターと賢者の石』 …… 226
◆『ハリー・ポッターと秘密の部屋』 …… 229
◆『ハリー・ポッターとアズカバンの囚人』 …… 233

第①章＝ハリー・ポッターのすべて

ハリー・ポッター・プロフィール

ハリー・ポッター

・生年月日……1980年7月31日（13歳）
・出身地……ゴドリックの谷（推定）
・身長……小柄
・体重……細身
・瞳の色……緑
・髪の色……黒
・学歴……ホグワーツ魔法魔術学校3年生　グリフィンドール寮所属
・家族構成……両親は13年前に他界。母方の姉夫婦に育てられる。一緒には暮らしていないが、名付け親シリウス・ブラックとは家族の縁を誓った仲。
・住居……プリベット通り4番地　一番小さい寝室
ホグワーツ　グリフィンドール寮内　男子寮の深紅の天蓋つきベッド

・趣　味……クィディッチ
・使用アイテム……不死鳥の羽根を芯に用いた柊28センチの良質でしなやかな杖　透明マント
最新型箒『炎の雷』
・ペット……白ふくろうのヘドウィグ
（1993年現在）

【生い立ち】……………………

ハリー・ポッターは、1980年7月31日、魔法使いジェームズ・ポッターと魔女リリー・ポッターの長男として生まれた。ハリーの生年月日について明確に表記しているシーンはないが、第2巻で1492年に絶命した首無しニックが500回目の絶命記念日を行なっていたことから（②P198）、この時点で『ハリー・ポッター』世界が1992年だったことが判明。そして、このときハリーは12歳。よって、ハリーが生まれたのは1980年ということになる。

また、ハリーの誕生日については、「グリンゴッツ侵入のあった日は僕の誕生日だ」とハリー自身が証言している（①P210）。そのグリンゴッツ侵入事件があったのがいつかというと、日刊予言者新聞に7月31日と明記してあるので（①P209）、ハリーの生年月日は1980年7

月31日ということになるのだ。

ハリーがどこで生まれたのかは不明だが、ハリーが生まれた1年後のハロウィーンの日（10月31日）、ヴォルデモートはポッター一家を殺すためにゴドリックの谷というところに姿を現している（①P21）。おそらく、このゴドリックの谷、またはその周辺に親子3人で住んでいたのだろう。なので、生後1年の赤ん坊を抱えて引越をしたとは考えにくいので、ここがハリーの出身地ではないかと思われる。このとき、ハリーの両親は死亡、ヴォルデモートはハリーに呪いをはね返され消滅、ハリーだけが生き残る。そして、ハリーは魔法界を暗黒の日々から解放した英雄として魔法界に名を刻むことになった。

ちなみに、ハリーの輝かしい功績については『近代魔法史』『黒魔術の栄枯盛衰』『二十世紀の魔法大事件』などに掲載されている。

その後、母方の妹夫婦、マグルのグラニングス社社長バーノン・ダーズリーとペチュニア・ダーズリーに引き取られ、不遇な扱いを受け、自分が魔法使いであることも英雄であることも知らずに育つ。

11歳の時、初めて自分の正体を知り、全寮制のホグワーツ魔法魔術学校へ入学。数々の事件を解決したり、クィディッチのシーカーに選ばれるなどのめざましい活躍を見せ、2年生の時には『ホグワーツ特別功労賞』を授賞。現在グリフィンドール寮の3年生。

【体の特徴】…………

13才になった今でも年齢の割には小柄で細身。これは、ダーズリー家で育てられた11年間、大した食物も与えられず、日の当たらない物置という部屋に押し込められ育ったからではないかと思われる。

細面で目は緑色、真っ黒な髪は、櫛《くし》で梳《と》かしてもすぐくしゃくしゃになり、散髪してもすぐに元通りに伸びる。丸いメガネをかけ、額にはヴォルデモートに襲われたときにできたと思われる稲妻形の傷痕《きずあと》がある。杖腕（利き腕）は右。顔は父親に生き写しのように良く似ているが、目だけは母親の目であると言われている。

【性　格】…………

基本的には優しくて思いやりのある少年。礼儀正しく、友情に厚く、自慢したり、えばったり、人を見下すようなこともない良い子である。

ただ、長年虐げられてきたせいなのか感情を抑える傾向にあるようだ。そのため、普段は温厚で怒ったり怒鳴ったりという行動に出ることが少ないのだが、ネビルの思いだし玉を取り戻すため乗ったこともない箒《ほうき》で16メートルもダイビングしてしまったり（①P219）、マージおばさんに自分の両親をバカにされ、怒りのあまり魔法を制御できずマージおばさんを風船のように膨らませてしまったりと（③P41）、いったん感情が爆発すると止められない。

また、自己主張は強い方ではないようだが、いったん決めたら実行しなければ気が済まないというような頑固な一面も見受けられる。

【特　技】…………

1・クィディッチ

1年生の時、箒に乗るのは初めてだったにも関わらず16メートルものダイビングに成功、即グリフィンドールのクィディッチチームのシーカーとして採用された。通常1年生がクィディッチチームの寮代表選手に選ばれることはなく、ハリーの選手抜擢は100年ぶりの特例措置という快挙でもあった。

魔法の箒とはいっても飛ぶためには技術や練習が必要で、誰もがすぐに飛べるわけではないらしい。しかし、初めて箒に乗ったときのハリーは、本能でその飛び方を知っているようだった。マクゴナガルも「この子は生まれつきそうなんです」とハリーの才能を絶賛（①P223）。

今年まで使用していた『ニンバス2000』が暴れ柳に壊されたため、現在は『炎の雷（ファイアボルト）』を使用しているのだが、わずか10秒で時速240キロメートルまで加速するというこの最新型箒を難なく乗りこなしてしまうのだから、まさに天性の才能なのだろう。また、ハリーの父親もクィディッチの選手だったらしく、どうやらこの才能は遺伝らしい。

2・パーセルタング（蛇語）

ハリーは蛇と話すことができる言葉パーセルタングを話すことができる。

この能力のある人間をパーセルマウスというのだが、パーセルマウスの魔法使いは数少ない。現時点で、ハリー以外にはサラザール・スリザリンと彼の後継者であるヴォルデモートだけではないかと言われる、かなり特殊な能力だ。

また、まだ自分が魔法使いだと自覚する前のハリーが、動物園で飼育されていた蛇と話していたことから（①P44）、努力して身に付く能力でもないらしい。

サラザール・スリザリンやヴォルデモートは生まれつきのようだが、ハリーの場合はヴォルデモートがハリーの額に傷を負わせたときに、自分の力をハリーに移してしまったために身に付いた能力ではないかと言われている。

3・守護霊（パトローナス）を作る

吸魂鬼に対抗するためにハリーが身に付けた『守護霊の呪文（パトローナス・チャーム）』は、〝標準魔法レベル（O・W・L）〟をはるかに超えるほど難しい呪文だ。それを何回もの練習を重ね、最後には立派な守護霊を作り出すことに成功したハリー。どうやらハリーは魔法使いとして、とてつもない才能を秘めているようだ。

また、クィディッチやパーセルタングと違い、これは初めてハリーが自ら手に入れたいと願った能力でもある。

そして、そうやって手に入れた守護霊が、ハリーの父親ジェームズのアニメーガスである牡鹿の姿をしていたということは、ハリーの両親に対する想いが徐々に確かな形となって現れてきている証拠なのかも知れない。

【弱　点】……………………

1・ダーズリー一家

狂ったいかがわしい魔法とか言う〝まとも〟ではないものを学び、毎年夏休みに帰ってくるハリーに、ダーズリー一家はかなりビビっているようで、ホグワーツ入学前に比べると多少は緩くなったハリーイジメ。

それでも、完全シカト体勢で虐げたり、魔法が使えないように杖や箒を取り上げて物置にしまい込んでしまったりと、ダーズリー家に帰ったハリーは、かなりウンザリな日々を過ごさなければならない。

一緒に住まないかとシリウスから誘われたときの喜びようからいって、ハリーは本気で早くこの家を出たいと考えているようだ。

2・学校の規則

ハリーが規則を破る理由には2つのパターンがある。

1つは、マルフォイなど気に入らない者の鼻をあかすためとか、魔法使いの村ホグズミードへいくためなど、自分の欲求を満たすために破るパターン。

2つ目は、ホグワーツや魔法界の危機を救うためにやむなくというもの。ただ、危機を救うと言っても、正義感より今の自分の生活を守るためや、両親や友人などのためといった感情の方が大きいようだ。

つまり、正しかろうが間違っていようが、自分がこうだと思ったら行動してしまうのがハリーなのである。そんなハリーにとって規則というものほど窮屈《きゅうくつ》なものはないのだろう。

3・かわいい女の子

「とてもかわいいことに気づかないわけにはいかなかった」というレイブンクロー生のチョウ・チャンに、ハリーはかなり弱い。クィディッチのレイブンクローとの試合で、ハリーはシーカーであるチョウ・チャンをわざわざよけて金のスニッチを見失っているのだ（③P339）。ウッドに「紳士面してる場合じゃないぞ！」と叫ばれていたが、どうやらハリーはフェミニストのようだ。

将来アーサーのように妻に頭の上がらない夫にならないことを願うばかりである。

4・魔法界の常識

マグルの世界で育ったハリーは魔法界のすべてが初めて知ることばかりである。最近はやっと慣れてきたようだが、初めてダイアゴン横町に足を踏み入れたときや、1年生の時に9と4分の3番線からホグワーツ特急に乗り込もうとしていたときなどは、オドオドしまくりだった。幸い、友人のロンの家は魔法使いの旧家ウィーズリー家。一ヶ月ホームステイするなどして、徐々にではあるが経験も知識も蓄えられてきた。が、まだまだ安心はできない。これからもどん欲に何でも吸収して立派な魔法使いになってほしいものである。

ハリーの仲間たち

マグルの世界にいた時のハリーは、ダーズリー家からひどい扱いをうけ、家でも学校でも邪魔者扱い。誰一人彼のことを気にかけてくれる人間などいなかった。

ところが、11オの誕生日、「ホグワーツ魔法魔術学校へ入学を許可する」という手紙を受け取った時から、ハリーの周りの世界は一変する。魔法界でのハリーは、『例のあの人』こと闇の帝王ヴォルデモートを倒し魔法界を恐怖から救った英雄だったのだ。

そんななかで、ハリーが最も嬉しかったこと、それはきっと、生まれてはじめて友達や、彼を見守り、支えてくれる人々ができたことではないだろうか。

【ロナルド・ウィーズリー】……………………

- **生年月日……1980年3月1日**（現在14歳）
- **容　姿……背が高く痩せていて、赤毛で、そばかすだらけの顔に高い鼻と青い瞳を持つ**
- **学　歴……ホグワーツ魔法魔術学校3年生　グリフィンドール寮所属**
- **特　技……魔法界のチェス**
- **ペット……ねずみのスキャバーズから灰色のチビのふくろうに新調**
- **杖…………一角獣のたてがみを芯に使用したものからユニコーンの尻尾の毛を一本芯に使用した柳の木33センチに新調**

オッタリー・キャッチ・セントポールという村のはずれに住む魔法界の旧家ウィーズリー家の六男として生まれた彼は、クィディッチのチャドリー・キャノンズというチームの大ファンで、愛読書は『マッドなマグル、マーチン・ミグズの冒険』シリーズ、特技は魔法界のチェスという、魔法だらけの世界で育った少年である。ハリーにとっては、魔法界についていろいろと教えてくれる貴重な友人だ。

しかし、魔法使いの旧家の息子であるということ以外は、魔法使いとしてもまだまだ半人前だし、コンビーフが嫌いだったり、蜘蛛が苦手だったりという、マグルの少年たちと大して変わらない普通の少年である。ただ一つ、他の魔法使いともハリーとも違うところは、彼の家が貧乏であるということ。ペットは兄のお下がりのねずみのスキャバーズだし、杖もこれまた兄のお古で、芯の一角獣のたてがみが端からはみ出しているというお粗末な状態。箒も「流れ星」と呼ばれる中古で、蝶にさえ追い抜かれるという低性能箒。

そんな自分の境遇に対してロンは引け目を感じているのだが、両親が残してくれた財産がたくさんあり、ロンの家よりも豊かであるハリーに対して羨《うらや》んだり、妬《ねた》んだりという感情は抱いていないようだ。

それよりもロンは、ハリーに両親がいないことを気にしているようで、母親にハリーにもクリスマスプレゼントを贈るように頼んだり（①P293）、ハリーを自分の家に招待したりと（②P38）、ハリーを家族のように扱っている。

つまり、ハリーにとってロンの存在とは、魔法界のことを教えてくれる魔法族の少年というだけではなく、ハリーが知らずに育った〝家庭〟というものを教えてくれる重要な存在なのである。

※ロンの生年月日については著者がBBC放送のチャットインタビューで公表。

【ハーマイオニー・グレンジャー】……………

- **生年月日……1979年9月19日**（現在14歳）
- **容　姿……ふさふさした栗色の髪に茶色の瞳、前歯がちょっと大きい**
- **学　歴……ホグワーツ魔法魔術学校3年生　グリフィンドール寮所属**
- **趣　味……読書**
- **ペット……オレンジ色の猫のクルックシャンクス**

両親は共にマグルで歯医者というハーマイオニーは、ハリーと同様、ホグワーツに入学するまでは魔法界の存在も知らず、マグルの世界で育ったという女の子である。

ホグワーツ入学前に既に教科書を全部暗記していて、参考書を何冊も読んでいたという異常な勉強家で、授業では一番最初に手を挙げ、夏休みまで勉強しているという強者。自分だけでなく、人が規則を破ることも許さず、ハリーが「ここまでお節介なのが世の中にいるなんて信じられない」と思うほどの厳しさを見せる（①P229）。

その一方で、流行作家で、ホグワーツの『闇の魔術に対する防衛術』の先生でもあるギルデロイ・ロックハート、このブロンドでハンサムな先生に夢中になるという女の子らしい一面も。

さて、学ぶことの重要さをしっかりと理解し、勉強に関しては誰よりも努力しているハーマイオニーだが、最近はそれ以外にも大切なものがあるのではないかと思い始めているようだ。徐々にではあるが、ハリーやロンの行動に対しても少しは理解を示すようになった。

その代わり、頭にきて突然マルフォイに平手打ちを食らわせたり（③P381）、ブチ切れて授業中に教室を飛び出したりと（③P388）、かなり感情的になることも多くなったような気がする。

彼女はいつも頭脳担当だった。第1巻ではスネイプが出した理論の問題を解き（①P419）、第2巻では秘密の部屋に潜む怪物の正体を暴き（②P428）、第3巻では彼女だけがルーピンが狼男であることを見抜いていた。そんな彼女が感情に走り、冷静さを失ってしまっては、この先少し不安である。これまでハーマイオニーは、どちらかというと暴走するハリーやロンを止める側だったのだが、彼女の変化が今後ハリーたちにどう影響してくるのか、心配でならない。しかし、この直情型の女に成長しつつあるハーマイオニーに、翻弄されるハリーやロンというのも、ちょっと楽しみかも知れない。

※ハーマイオニーの生年月日については著者がAOLオンラインインタビューで公表。

【アルバス・ダンブルドア】……………

・生年月日……不明（現在かなりの御高齢）

・容　姿……ひょろりとした長身に1メートルほどの銀色の髪と髭、薄青色の瞳、折れ曲がったような鉤鼻を持つ

・学　歴……ホグワーツ魔法魔術学校グリフィンドール寮卒業

・趣　味……室内楽とボウリング

・ペット……不死鳥のフォークス

・好　物……レモンキャンディー

ホグワーツ魔法魔術学校の校長のほか、マリーン勲章、勲一等、大魔法使い、魔法戦士隊長、最上級独立魔法使い、国際魔法使い連盟会員でもあるダンブルドアは、近代の魔法使いの中で最も偉大な魔法使いである。

また、彼は両親を失った幼いハリーが虐げられるとわかっていながらダーズリー家へ預けたり、危険だと知っていながら、透明マントを送ったり、謎を解くヒントを与えたり、ハリーがヴォルデモートと対決するための手助けをする。

このように、ダンブルドアは、なぜかハリーを過酷な状況にばかり置く。おそらくダンブルドアは、ハリーが今後ヴォルデモートと真正面から向き合い闘わなければならない日が必ず来ることを知っているのではないだろうか。なぜハリーなのか、なぜ闘わなければならないのか、ダンブルドアはすべて承知なのだろう。

きっと、ダーズリー家にハリーを預けたのは、英雄という特別な存在として魔法界で育ち舞い上がってしまうことを恐れただけではなく、ハリーを殺し損ねたヴォルデモートからハリーを隠すためだったのではないだろうか。いつか一人前の魔法使いとなってヴォルデモートと対決するだけの力を付けるまで、ハリーを安全な場所に置いておきたかったのだろう。

そして現在は、世界一安全な場所といわれるホグワーツで、いつか来るだろう対決の日に向けて一人前の魔法使いになるため努力するハリーを見守っているに違いない。

【ルビウス・ハグリッド】……

- **生年月日……1928〜1929年×月×日**（現在64〜65歳）
- **出身地……イギリス・スコットランド地方**（推定）
- **容姿……巨大な体に、ボウボウと長い髪とモジャモジャの荒々しい髭の間から黒い瞳だけがのぞいている**
- **学歴……ホグワーツ魔法魔術学校グリフィンドール寮卒業**
- **趣味……ドラゴンのような危険な生き物を可愛がること**
- **ペット……黒い巨大なボアーハウンド犬のファング**
- **杖……良く曲がる樫の木41センチの折れた物をピンクの傘に隠して使用**

ホグワーツの『禁じられた森』の端にある木の小屋に住み、ホグワーツの鍵と領地を守る番人であるハグリッド。ダンブルドアから「自分の命を任せられる」ほど信用されているハグリッドは、しばしばホグワーツの重要な仕事を任されることもある。

第3巻では怪物好きの彼を見込んで、ダンブルドアが魔法生物飼育学の教授に任命。しかし、残念ながら順調な滑り出しとは決して言えない波乱に飛んだ教授1年目。ハグリッドらしいと言えば、らしいのだが……。

さて、巨大なからだに似合わず、涙もろいハグリッドは、ポッター夫妻が亡くなった、あの悲惨な現場からハリーを助け出したときから、ハリーが愛しくて仕方ないらしい。年中ハリーをお茶に誘うし、クリスマスや誕生日にはプレゼントを欠かさない。まるで何でもしてあげちゃうおじいちゃんのようだ。

ハリーもまた、そんなハグリッドが大好きなようで、ちょくちょくハグリッドのいる森のはずれの小屋に出かけていく。おやつを食べたり、愚痴を聞いてもらったり、遊んだりと、大したことをしているわけではないのだが、他の同級生のようにふくろう便を出して家族に甘えることができないハリーにとっては、こんな普通の時間が最高の時間なのだろう。

※ハグリッドの生年月日については次の通り。

第2巻で、50年前のホグワーツ3年生だった頃のハグリッドが登場。第2巻の時点で『ハリー・ポッター』世界は１９９２年なので、その50年前である１９４２年にハグリッドがホグワーツ3年生だったことが判明。ホグワーツ3年生は13歳か14歳なので、ハグリッドが生まれたのが1928年か1929年であるということがわかる。

【シリウス・ブラック】……………

・生年月日……不明（ハリーの父親と同級生）
・容　姿……過酷な日々が続いたため肘まで伸びたモジャモジャの髪に血の気のない皮膚が骨にぴったりと張り付いた髑髏のような顔、本来は快活に笑うハンサム
・学　歴……ホグワーツ魔法魔術学校グリフィンドール寮卒業
・特　技……アニメーガス（巨大犬に変身）

第3巻で突如犯罪者として登場したシリウスだったが、ハリーの父親の親友であり、ハリーの両親の結婚式のときには花婿付添人もつとめ、ハリーの名付け親でもあったという、驚いたことにハリーにとっては親戚同然の人物だった。現在は、ハリーといつか一緒に住むことを約束、それを実現させるために、無実の罪を晴らすための逃亡生活を続けている。自分が魔法使いであることも知らずダーズリー家で過ごしていたハリーは、誰か見知らぬ親戚が自分を迎えにやってくることを何度も何度も夢に見ていた。そんなハリーにとってシリウスの登場は、13年間生きてきた中で最高の出来事だったのではないだろうか。

ロンドンへ向かう列車の中でシリウスからの手紙を受け取ったとき、ファイアボルトがシリウスからの13年分の誕生日プレゼントだったと知らされたとき（③P564）、ハリーは生まれて初めて何の見返りも求めず自分を気にかけてくれる存在というものに出会ったのである。

それに、ハリーは早くシリウスの無実を証明したくて仕方ないに違いない。自分を気にかけてくれる存在と同じように、自分が何か助けたり、気にかけたり、心配したりすることができるような家族が、これまでのハリーにはいなかったのだから。

シリウスは間違いなくハリーが初めて手にした〝家族〟だったのである。

【ウィーズリー夫妻】……………………………

アーサー・ウィーズリー

・生年月日……不明

・容　姿……長身で細身、メガネをかけていて残り少ない髪の毛は赤毛

・学　歴……ホグワーツ魔法魔術学校卒業
・職　歴……魔法省　マグル製品不正取締局局長
・趣　味……マグル製品の改造
・ペット……ふくろうのエロール

モリー・ウィーズリー

・生年月日……不明
・容　姿……ふっくらとしている
・学　歴……ホグワーツ魔法魔術学校卒業

マグルの生活に興味津々でハリーを質問責めにするアーサーと、両親がいないハリーを気遣いハリーを家族同然に扱ってくれるモリー。ロンの両親である2人は、すでに自分の家に子供が7人もいるのにも関わらず、ハリーの面倒まで見るというかなりのお人好し。

もちろん、英雄ハリーを手懐《なづ》けてどうのこうのなんて下心はまったくない。ハリーの身を案じて夫婦喧嘩をしてしまうほど（③P86）、ハリーのことを可愛がっているのである。特にモリー、彼女はキスしてギュッと抱きしめるなど（③P95）、ハリーを我が子同様に扱う。これに対

し母親の思い出が何一つないハリーは、ドギマギしながらも嬉しかったと、初めて感じる母親の温《ぬく》もりに感激していた様子。

しかも、この2人、ただのお人好し夫婦ではない。モリーは2人の息子を首席に、もう1人を伝説のクィディッチ選手に育ててしまうという、かなりデキた母親。アーサーは日刊予言者新聞主催の『ガリオンくじグランプリ』に当選、700ガリオンもの賞金を獲得、意外な方法で貧しい家計を潤わせたという強運の持ち主なのだ。

まぁ、7人も子供がいるっていう時点で、この夫婦、かなりの強者だけどね。

【ウィーズリー兄弟】……………………

ビル・ウィーズリー

- **生年月日……不明**
- **容　姿……第4巻で登場**
- **学　歴……ホグワーツ魔法魔術学校グリフィンドール寮首席卒業**
- **職　歴……グリンゴッツエジプト支店の呪い破り**

チャーリー・ウィーズリー

・生年月日……不明
・容　姿……第4巻で登場
・学　歴……ホグワーツ魔法魔術学校グリフィンドール寮卒業
・職　歴……ルーマニアでドラゴンの研究中
・特　技……クィディッチ（グリフィンドール伝説のシーカー）

パーシー・ウィーズリー

・生年月日……1975〜1976年×月×日（現在17〜18歳）
・容　姿……赤毛
・学　歴……ホグワーツ魔法魔術学校グリフィンドール寮監督生首席卒業　魔法省入省予定
・ペット……ふくろうのヘルメス
・恋　人……レイブンクロー監督生のペネロピー・クリアウォーター

フレッド・ウィーズリー

・生年月日……1977〜1978年×月×日（現在15〜16歳）

・容　姿……赤毛
・学　歴……ホグワーツ魔法魔術学校5年生　グリフィンドール寮所属
・趣　味……いたずら
・特　技……クィディッチ（寮代表選手）

ジョージ・ウィーズリー

・生年月日……1977～1978年×月×日（現在15～16歳）
・容　姿……赤毛
・学　歴……ホグワーツ魔法魔術学校5年生　グリフィンドール寮所属
・趣　味……いたずら
・特　技……クィディッチ（寮代表選手）

ジニー・ウィーズリー

・生年月日……1980～1981年×月×日（現在12～13歳）
・容　姿……赤毛に明るいとび色の目
・学　歴……ホグワーツ魔法魔術学校2年生　グリフィンドール寮所属

・好きな物……ハリー

ハリーがウィーズリー家という家族に触れることで〝羨ましい〟と思うことがあるとしたら、それはおそらく彼らの存在ではないだろうか。

ロンの兄であるビル、パーシー、ジョージ、フレッド、そして妹のジニーは、一緒に遊んだり、ケンカしたりという兄妹がいないハリーにとって、きっと普通の友達とはまた違う特別な存在に違いない。

なかでも双子のフレッドとジョージは、ホグズミードに行くことができないハリーのために、ホグワーツの秘密の抜け道がすべて分かる『忍びの地図』をプレゼントするなど（③P247）、

「なんでこれまで僕にくれなかったんだ！　弟じゃないか！」

と実の弟であるロンが憤慨するくらい（③P256）、ハリーのことを気にかけているのだ。

第4巻ではいよいよ、謎のベールに包まれていたビルと、第1巻で手紙だけの登場だったチャーリーも登場。

ウィーズリー家が益々賑やかになることは間違いないだろう。

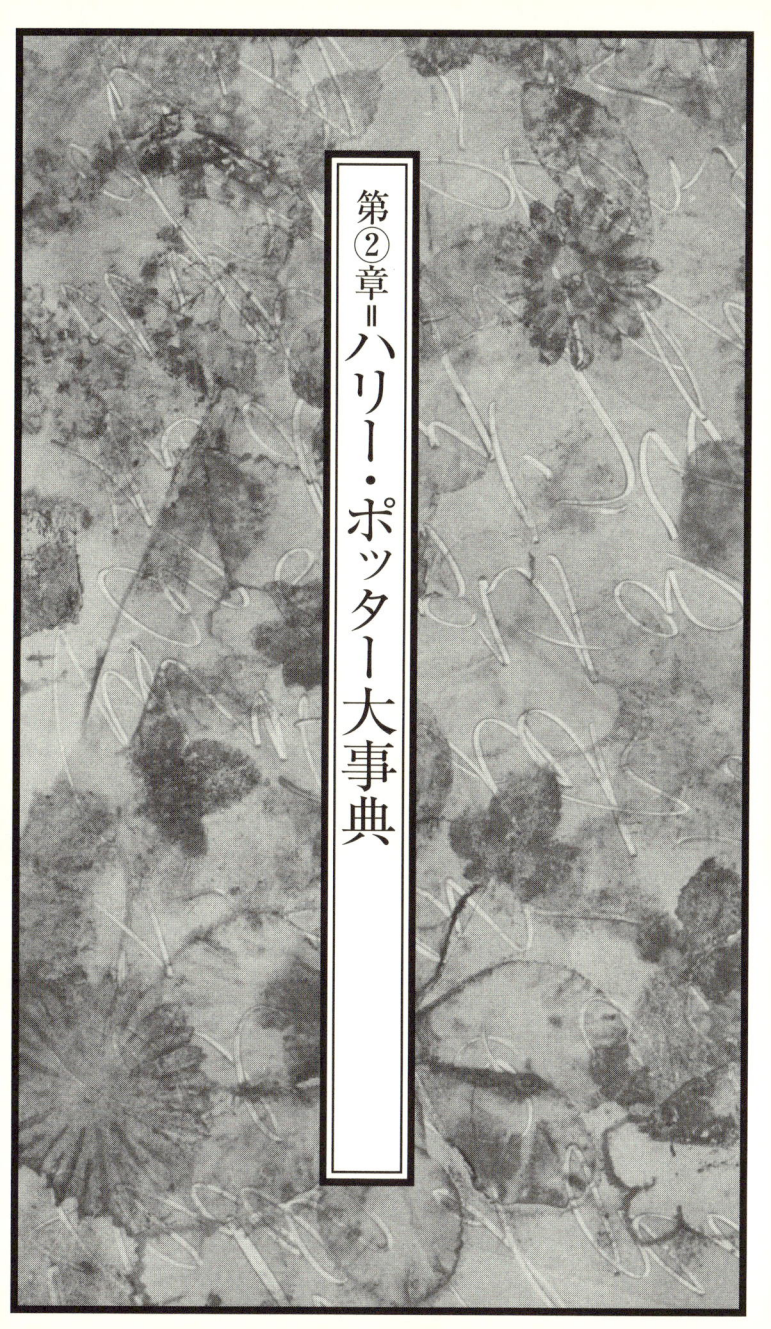

第②章＝ハリー・ポッター大事典

ホグワーツ魔法魔術学校入学案内

※１９９４年度版
第３巻終了時点での『ハリー・ポッター』世界は１９９４年なので、
ここに作成した入学案内は１９９４年９月に入学する１年生用である。

【ホグワーツの歴史】……………………

今から一千年以上前、魔法や魔術といったものは、一般の人たちから恐れられ、多くの魔法使いや魔女たちが迫害を受けていた。

そんななか、ゴドリック・グリフィンドール、ヘルガ・ハッフルパフ、ロウェナ・レイブンクロー、サラザール・スリザリンという４人の偉大な魔法使いや魔女たちが、詮索好きのマグルたちの目から遠く離れた場所に、魔法力を示した若者たちを教育するために作った施設。それが、ホグワーツ魔法魔術学校のはじまりである。開校当初は、４人の魔法使いたちが協力し、魔法力を示した若者を探し出しては、教育の場を提供してきた。

しかし、その後、サラザール・スリザリンが魔法教育は魔法族の家系の人間だけに与えられるべきだと主張。これに対しグリフィンドールが反発、激しい言い争いにまで発展するが、最終的にスリザリンが学校を去ることで解決した。

それから、多くの若者を迎え入れ、多くの偉大な魔法使いや魔女を世に送り出してきたホグワーツは、現在では、世界一の魔法使いと魔女の名門校と言われている。

【校長アルバス・ダンブルドア】……………………

マーリン勲章・勲一等・大魔法使い・魔法戦士隊長
最上級独立魔法使い・国際魔法使い連盟会員

闇の魔法使いグリンデンバルドを倒したこと、ドラゴンの血液の12種類の利用法の発見、ニコラス・フラメルとの錬金術の共同研究などで有名なダンブルドアは、近代魔法使いの中で最も偉大な魔法使いと言われている。

ヒョロリと背が高く、長くて白いひげと髪、そして半月形のメガネが印象的で、威厳を保ちつつも、お茶目な一面を見せることもある彼は、多くの生徒から慕われている。歴代の校長の中でも最も偉大な魔法使いと言われていて、現在のホグワーツは、彼によって平和が保たれていると言っても過言ではない。

また、マグルとの共存を深く望む魔法使いの一人でもあり、彼の働きによって、魔法力さえ示せば誰でも魔法教育が受けられるというホグワーツの方針は現在でも守り続けられている。

【全寮制】……………………

ホグワーツ魔法魔術学校は男女共学の全寮制で、グリフィンドール、スリザリン、レイブンクロー、ハッフルパフという創設者の名前が付けられた4つの寮があり、各寮にはゴーストが住んでいて、シンボルとなる動物、各寮の色なども定められている。

個人の行ないは、それぞれ属する寮の得点となり、毎年学年末に集計され、最高得点を取った寮には寮杯が与えられる。

各寮の特徴は次の通りである。

●グリフィンドール

・シンボル：ライオン／カラー：紅／ゴースト：首無しニック

夜中に寮内を徘徊したり、学校を抜け出したりと、何かと規則を破る生徒が多い寮だが、優秀な生徒も多く輩出している。近年はハリー・ポッターなどがホグワーツに襲いかかる数々の危機を回避、また昨年度は監督生のパーシー・ウィーズリーが首席という快挙を遂げた。

昨年度クィディッチ優勝杯獲得。3年連続寮対抗杯獲得記録、現在更新中。

●ハッフルパフ

・シンボル：穴熊／カラー：カナリア・イエロー／ゴースト：太った修道士

劣等生が多いと言われているが、自分の過ちを素直に認めることができる誠実な生徒が多いのも事実。

●レイブンクロー

・シンボル：レイブン／カラー：ブルー／ゴースト：不明

なぜか女性陣の活躍が目立つ寮。なかでも、チョウ・チャンはかなり優秀なシーカーとして有名である。

●スリザリン

・シンボル：ヘビ／カラー：グリーン／ゴースト：血みどろ男爵

優秀な生徒が多く、偉大な魔法使いや魔女を多く輩出しているが、その中には多くの闇の魔法使いがいるため、評判は良くない。しかし、優秀な頭脳と、偉大になりたいという欲望があるならば、この寮で学ぶことをお勧めする。

6年連続寮対抗杯獲得記録を持つ。

※尚、寮の選択は組分け帽子によって行なわれるため、自分で自分が所属する寮を選択することはできない。組分け帽子が定義する各寮の特徴は次の通りである。

グリフィンドールに行くならば　勇気ある者が住まう寮
勇猛果敢な騎士道で　他とは違うグリフィンドール
ハッフルパフに行くならば　君は正しく忠実で
忍耐強く真実で　苦労を苦労と思わない
古き賢きレイブンクロー　君に意欲があるならば
機知と学びの友人を　ここで必ず得るだろう
スリザリンはもしかして　君はまことの友を得る
どんな手段を使っても　目的遂げる狡猾さ

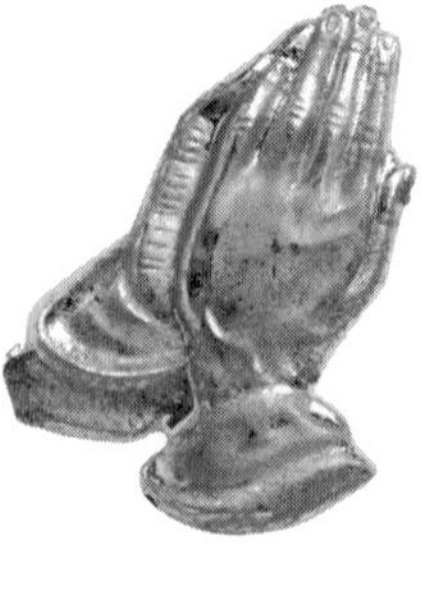

マグルメモ：イギリスでは、ホグワーツのような全寮制の学校は決して珍しくはない。ただし、その多くはいわゆる名門校と呼ばれるもので、規律が厳しく、男女別に分けれられ、宗教によっても分けられている場合が多い。そして、そこに通う多くの子供たちが良家の子息などである。

ホグワーツは全寮制であり、規則も多く、決して〝自由な校風〟と言えるような学校ではない。しかし、「魔法力さえ示せば誰でも教育を受けることができる」という方針があるため、おそらく、プロテスタント、カソリックなどの宗教の違いや、貧富の差などを問わず、多くの生徒を受け入れているものと思われる。

【校　章】……………………

ホグワーツの校章は、ホグワーツの『H』を囲むようにして、4つの寮のシンボル（ライオン・ヘビ・レイブン・穴熊）が描かれている。

また、その下にはラテン語で『DRACO DORMIENS NUNQUAM TITILLANDUS』と書いてある。意味は『眠っているドラゴンを起こすな』。

マグルメモ：日本語翻訳版にはないのだが、U・K版にはホグワーツの校章がきちんと描かれている。

【クラス編成】……………

ホグワーツには1年生から7年生（11〜18歳）の生徒がおり、授業は学年ごとに分けられ、さらに寮ごとに分かれて行なう。ホグワーツの総生徒数は約1000人なので、一学年は約142人、授業は35人前後のクラスで行なわれている。

マグルメモ：ホグワーツの総生徒数については、アメリカのスコラースティック社のチャット・インタビューで著者J・K・ローリング氏が明かしている。

【職員名簿】……………

校　医：マダム・ポンフリー

たいていの病気は治してしまう優秀な校医。しかし、安静にしていなかったり、治療の邪魔をしたりする者には厳しく、その相手がたとえ先生でも容赦はしない。ほとんど24時間体制で医務室にいるので、いつ病気になっても安心。入院も可能である。

司　書：マダム・ピンス

何万冊もの蔵書があり、何千もの書棚、何百もの細い通路を有するホグワーツの巨大な図書館の司書。痩《や》せていて怒りっぽく、生徒が閲覧禁止の書棚に近づかないように、勝手に本を持ち出さないように、常に厳しく監視している。

管理人：アーガス・フィルチ

ホグワーツ内の管理人だが、校則違反をした生徒に罰を与えることが楽しみでしょうがない。事務所には鎖や手枷などの道具が揃えてあり、現在は「生徒を逆さ吊りにすることを許して欲しい」と、ダンブルドアに懇願中。飼い猫のミセス・ノリスと共に、常に罪を犯した生徒を捜すことに、全力を注いでいる。

森の番人：ルビウス・ハグリッド

ホグワーツにある『禁じられた森』を管理している。そのほかにも、クリスマスツリーの飾り付けやハロウィンのためかぼちゃを栽培したりしている。昨年度から『魔法生物飼育学』の先生として授業も受け持つようになった。

ポルターガイスト：ピーブズ

ホグワーツ内をうろついているポルターガイスト。大きな口をした小男で、生徒をからかい、大騒ぎを引き起こしたりすることだけが生き甲斐のような男。

※教授陣については『魔法学』の章を参照。

【アクセス】…………

ロンドン、キングズ・クロス駅、9と4分の3番線からホグワーツ特急に乗ってホグズミード駅で下車。

ホグズミード駅からは険しく狭い小道を通り、湖をボートで渡り、城の崖下まで行く方法と、魔法の馬車に乗って正門に回る方法の2ルートがある。

※車（特に魔法がかけられた空飛ぶトルコ石色のフォード・アングリア）での来校は固く禁ずる。

マグルメモ：キングズ・クロス駅はロンドンの北に位置する実在の駅で、スコットランド地方へ向かう列車などが発着する駅である。もちろん9と4分の3番線なんてものはなく、ハリーの言うとおり9番線と10番線の間には頑丈な柵があるだけ。

しかし、駅員に頼むと『PLAT FORM 93/4』と書かれた看板を貸してくれる。

また、ここから多くの列車が向かうスコットランド、そこがホグワーツの舞台となっている。

しかし、スコットランドが舞台と言うだけで、そこにある学校がホグワーツのモデルになっているわけではない。

ホグワーツのモデルとなった学校は、スコットランド有数の名門校フェテスカレッジではないかとか、ホグワーツの城は著者J・K・ローリング氏が住んでいるエジンバラにあるエジンバラ城がモデルでは、などと言われているが、ローリング氏はこれらすべてを否定しているのである。

そう、ホグワーツのような城は、マグルなんかには絶対に見つけられないのだ。

魔法学——魔法の種類とその分類

我々マグルは、これまで魔法使いは、誰でも簡単に魔法を使うことができるものだと思い込んでいた。

しかし、『ハリー・ポッター』を読んだ人なら、もうお分かりのことだと思うが、一人前の魔法使いになるためには、魔法に関するあらゆることを学ばなければならない。

年中いろんな事件に巻き込まれ、楽しそうな毎日を送っているように見えるポッターだが、おそらく一年間のウチで一番時間を費やしているのはホグワーツでの勉強に他ならないのではないだろうか。

確かに、クィディッチの練習をしたり、ロンやハーマイオニーと冒険したりもしているが、それ以上に勉強もしているらしい。試験にパスして、ちゃんと進級しているのが、何よりの証拠だ。

そこで、ハリーはどんなことを勉強しているのか、何を勉強すれば魔法使いになれるのかまとめてみた。これを読んでもらえば、一人前の魔法使いになることが、どれだけ大変か、また、それを教えている先生の苦労も、よく分かることと思う。

また、魔法使いに少しでも近づきたいという人のために、マグルにもできるマグル的勉強法を提案してみた。これで、魔法使いになれるかどうかは疑問だが、魔法使いの存在を理解するには役立つとは思うので、ぜひ参考にして貰いたい。

【闇の魔術に対する防衛術】……………………

授業内容：魔法界の中で最も穢《けが》れた生物と戦う術を学ぶ。

「悪霊の呪い」「狼人間にかまれた傷のさまざまな処置法」「凶暴なコーンウォール地方のピクシー妖精の扱い方」「おしゃべりの呪いの解き方」など、あらゆる魔術に対する対処術を修得しなければならない。呪いや凶暴な生き物などを実際に扱うこともあるので、危険な授業になることもある。特に、この科目はなかなか先生に恵まれないので、注意が必要である。

教科担当：クィレル先生

青白い顔で神経質そうな若い先生で、いつも震えている。紫色の大きなターバンが目印。秀才だが、黒い森で吸血鬼に出会い鬼婆ともめ事を起こして以来、生徒を恐がり、自分が教えている科目にまでビクつくようになってしまった。

吸血鬼をよせつけないようにしているらしく、教室はいつもにんにく臭い。そんな弱さにつけ込まれヴォルデモートの手下に成り下がったため、命を落としてしまった。

教科担当：ギルデロイ・ロックハート

クィレルの代わりに来た能無しの先生。『泣き妖怪バンシーとナウな休日』『バンパイアとバッチリ船旅』などの著者で、数多くの闇の魔術を倒してきたという有名人。自伝『私はマジックだ』『ギルデロイ・ロックハートのガイドブック―一般家庭の害虫』などの本も出版していて、主婦にも人気の魔法使い。授業のほとんどを、自分の自慢話に費やしていたが、すべてウソだった。その後記憶喪失になってホグワーツを去った。

教科担当：リーマス・J・ルーピン先生

初めて授業らしい授業を行なってくれた先生。ボガードやグリンデローなど、実際に生き物を使って行なう実地訓練は生徒にも好評で、本当に役に立ちそうな授業を行なっていた。闇の魔術についてきちんと勉強してきた人らしく、闇の魔術に対する治療法なども心得ていて、校医のマダム・ポンフリーも彼の知識には満足げだった。

しかし、その正体は人狼で、生徒に危害を加えるようなことがあってはいけないと自らホグワーツを去っていった。

マグル的勉強法：まずは、狼男や吸血鬼のように数多くの伝説が残されている生き物について調べてみてはどうだろう。魔法使いさえも恐れさせる彼らの生態や、生息地を研究してみれば、きっと魔法使いへの道も開けるはずだ。

【魔法史】……………

授業内容：魔法界の歴史について学ぶ。

有名な魔法使いの名前や年号、「鍋が勝手に中身を掻き混ぜる大鍋」を発明した人物や、中世におけるヨーロッパ魔法使い会議、1289年の国際魔法戦士条約などについて覚えなければならない。

教科担当：ビンズ先生

自分が死んだことに気づかず、ある日、立ち上がって授業に出かけようとして生身の身体を職員室の暖炉の前の肘掛椅子に置き忘れてきてしまったというゴーストの先生。毎回、黒板を通り抜けて教室に入ってくる。しわしわの骨董品のような先生で、単調で退屈な授業を行なう。

2巻では、ハーマイオニーのお陰で、彼の長い教師生活の中でおそらく初めてだろうと思われる『生徒から質問される』という大事件が勃発。一躍注目を浴びたが、質問責めに耐えられず、すぐにいつもの退屈な授業に戻ってしまった。

マグル的勉強法：中世のヨーロッパでは、実際に魔女として扱われ死刑になった人がいた。そんな魔女裁判についてや、実在の錬金術師などについて調査してみよう。

【魔法薬学】……………

授業内容：魔法薬調剤の微妙な科学と、厳密な芸術を学ぶ。

『忘れ薬』や『ポリジュース薬』『縮み薬』の作り方などを修得しなければならない。『ふくれ薬』のような簡単な薬は実際に調合して作ってみることもあるのだが、十分に注意しないと自分で薬をかぶるようなことになるので危険。授業は暗くて不気味な地下牢で行なわれている。

教科担当：セブルス・スネイプ先生

ねっとりした黒髪、鉤鼻、土気色の顔で陰気くさい先生。スリザリンの寮監をしていてひいきばかりするので、多くの生徒から嫌われ、理不尽な減点はかなりのひんしゅくをかっている。しかも、ハリーの父親のことを憎んでいるので、ハリーに対しては人一倍辛く当たる。

3巻では、学生時代から嫌な奴（マルフォイのように）だったことが発覚、嫌われ度は確実にパワーアップしている。

闇の魔術に詳しいので、本当は闇の魔術に対する防衛を教えたがっているという噂もあるが、もちろん魔法薬についても詳しい。

マグル的勉強法：顔がふくれたり、誰かに変身したりする薬はつくれなくても、いろんな色

の液体を精製したり、胃薬を使って水飴を作れたりできちゃう化学の実験は結構楽しいもの。ただし、きちんと学んでからでないと、危険であることを忘れてはいけない。

【薬草学】……………………

授業内容：不思議な植物やきのこの育て方などを学ぶ。

ツルで人を絞め殺そうとする『悪魔の罠』や、姿形を変えられたり、呪いをかけられたりした人を元に戻すことができる回復薬『マンドレイク』などの習性や育て方などを修得しなければならない。

実際に城の裏にある温室で植物を植え替えたり剪定《せんてい》したりなどの技術も習得するが、二年生になると、授業の場所は一号温室から三号温室へと移り、より不思議で危険な植物を扱うようになる。中でも『マンドレイク』の根は醜い赤ん坊で、植え替えるだけでも大変な重労働となる。

教科担当：スプラウト先生

髪の毛がふわふわとしていて、ずんぐりとした小さな魔女。服はいつも泥だらけで、つぎはぎだらけの帽子をかぶっている。

マグル的勉強法：現在でも、多くの植物が薬として使われている。外で怪我をしたり具合が悪くなっても、そんな植物の知識を持っていれば意外と役立つもの。マンドレイクはいないけど、マグル世界の植物も興味を持てば不思議なものがたくさん見つかるはずだ。

【呪文学（妖精の魔法）】……………※3巻から日本語の授業名が変更。

授業内容：ものを飛ばしたり、動かしたりする魔法を学ぶ。

最初は羽のように軽いものを浮かせたりすることからはじめ、試験ではパイナップルを机の端から端までタップダンスさせるという実技を行なったりする。

教科担当：フリットウィック先生

積み上げた本の上に立ってやっと机から顔が出るほどのちっちゃな魔法使い。甲高い声と、おちゃめな行動が特徴。

マグル的勉強法：まずは、なぜ〝もの〟が動くのか、飛ぶのか、などの原理から勉強してみよう。それが理解できれば、マグルにだって何かできるはず。ジャンボジェット機を飛ばせた

んだから、そのうちマグルにも車を飛ばせるような時代が来るはずだ。

【変身術】…………

授業内容：変身に関する技術を学ぶ。

変身術はホグワーツで学ぶ魔法の中で最も複雑で危険なものの一つといわれているが、最初は、マッチを針に変えたり、コガネムシをボタンに変身させたりという簡単なものから始める。1年生の最終試験では、ねずみを『嗅《か》ぎタバコ入れ』に変身させるという実技試験が行なわれていた。

家具を動物に変えるという高度な技を修得するには、相当な時間を要するといわれている。

教科担当：ミネルバ・マクゴナガル先生

長い黒髪をひっつめ、メガネをかけ、見るからに厳格で聡明そうな魔女。

ホグワーツの副校長もつとめていて、怒るとものすごく怖いので、生徒は誰も逆らおうとしない。グリフィンドールの寮監もつとめているが、グリフィンドールの生徒からも容赦なく減点するという、ホグワーツで最も厳しい先生。

アニメーガスとして魔法省に登録されている魔法使いは今世紀7人しかいないが、マクゴナガルはそのうちの1人で、猫に変身することができる。

マグル的勉強法：これは難しい。はっきりいって、マグルには不可能としか言いようがない。それでも挑戦したい人は「とにかく信じる」、ポイントはこれだけである。

【天文学】…………

授業内容：星の名前や惑星の動きを学ぶ。

授業のシーンがまったくないので、実際にどんな授業をやているかは謎だが、毎週水曜日の深夜に行なわれているらしい。場所はおそらく、ハリーがドラゴンをチャーリーの仲間に渡した一番高い天文台の塔などが使われていると思われる。

もちろん、天文台は授業以外は立入禁止になっているので、注意したい。

教科担当：シニストラ先生

石のようになったジャスティン・フィンチ－フレッチリーを医務室に運ぶために一度登場しただけなので、どんな先生なのかは謎のまま。

マグル的勉強法：これは、そのまま天文学。たまには空を見上げて星の観察。そんなゆとりが魔法使いへの第一歩なのだ。

【飛行訓練】…………

授業内容：箒の飛行技術を学ぶ。

最初から乗りこなせる魔法使いなどほとんどおらず、初めて乗った者は、箒がそのまま地面にポタッと落ちてしまうだけだったり、何百メートルも自分の意志と関係なく飛び上がってしまったりする。おそらく、全員が乗れるようになるとクィディッチの練習なども行なわれているのだろう。

教科担当：マダム・フーチ

短い白髪で、鷹のような目をしているのが特徴。飛行訓練の先生の他に、クィディッチの審判などもつとめている。

マグル的勉強法：別にクィディッチじゃなくても、バスケットでもなんでも、とにかくスポーツをするのは良いことである。それでも、どうしてもクィディッチをやりたいという人は、

まずは箒とボールを開発するために全力を注ごう。

以上が、ホグワーツで1～2年生が学ばなければならない授業のすべてである。

さて、これだけ学ぶことがあるとどれだけ大変なのか、ハリーやロンたちの行動を追いかけ、彼らの一週間の時間割を作成してみた。

【1年生】……………

金	薬草学	魔法薬学		
木	妖精の魔法	変身術	飛行訓練	
水	魔法史	闇の魔術の防衛術		天文学
火	闇の魔術の防衛術	変身術	薬草学	
月	薬草学	魔法薬学	妖精の魔法	

【2年生】……

金	木	水	火	月
妖精の魔法	闇の魔術の防衛術	魔法薬学	魔法薬学	薬草学
薬草学	変身術	変身術	妖精の魔法	変身術
変身術	魔法薬学	魔法史	飛行訓練	闇の魔術の防衛術
		天文学		

※ちなみに、指定の教科書は次の通り揃えなければならない。

【1年生】……

『基本呪文集（一学年用）』……ミランダ・ゴズホーク著

『魔法史』……バチルダ・バグショット著

『魔法論』……アドルバート・ワフリング著

『変身術入門』……エメリック・スィッチ著

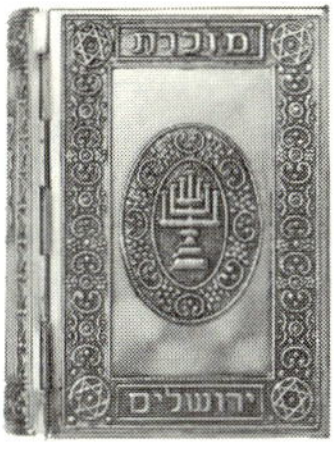

『薬草ときのこ一〇〇〇種』……………フィリダ・スポア著
『魔法薬調合法』……………………アージニウス・ジガー著
『幻の動物とその生息地』……………ニュート・スキャマンダー著
『闇の力―護身術入門』………………クエンティン・トリンブル著

【2年生】……………………

『基本呪文集（二学年用）』……………ミランダ・ゴズホーク著
『泣き妖怪バンシーとナウな休日』……ギルデロイ・ロックハート著
『グールお化けとクールな散策』………ギルデロイ・ロックハート著
『鬼婆とオツな休暇』……………………ギルデロイ・ロックハート著
『トロールとのろいの旅』………………ギルデロイ・ロックハート著
『バンパイアとバッチリ船旅』…………ギルデロイ・ロックハート著
『狼男との大いなる山歩き』……………ギルデロイ・ロックハート著
『雪男とのゆっくり一年』………………ギルデロイ・ロックハート著

さらに、ハリーたちは、3年生になるとこれまでの科目プラス、いくつかの選択科目を受講しなければならない。それは、以下のような授業である。

【魔法生物飼育学】……………

授業内容：魔法生物の飼育法などを学ぶ。

フロバーワームなどのように簡単に扱うことができて、ほとんど害のない魔法生物もいるが、ヒッポグリフなど多くの魔法生物は扱いが難しく、ちょっとでもふざけたりすると命を落とすこともあるので、十分に注意が必要である。

教科担当：ケトルバーン先生

去年退職してしまったので、どんな先生かは不明。ダンブルドアが「手足が一本でも残っているうちに余生を楽しまれたいとのことじゃ」と言っていたので、おそらくかなりの年寄りで、魔法生物を扱っているうちに手足を何本か失ってしまったのではないかと思われる。

教科担当：ルビウス・ハグリッド先生

ケルトバーン先生の後任として選ばれた。ハグリッドは大喜びだったが、かみつく本を指定教科書にしたり、最初の授業でマルフォイが怪我をしてしまったりで、何かと問題の多い授業を展開。その後、ハグリッドは自信喪失。

以後、この授業にはフロバーワームしか登場しなくなってしまった。来年に期待したい。

マグル的勉強法：ハグリッドがどの先生よりも優れているところはどこなのか、それはどんな生き物でも友達のように大切にするところである。ドラゴンの卵を手に入れたハグリッドは、図書館でドラゴンに関する本をむさぼり読んでいた。

そこで、ペットなど身の回りにいる動物について調べてみてはどうだろう。飼育方法もわからないのにやたらとペットを飼うのはやめよう。

【占い学】……………………

授業内容：あらゆる種類の占いを修得する。

『お茶の葉占い』『水晶玉占い』『手相学』などの占いを実際に行なうのだが、この科目では書物はほとんど役に立たない。なぜなら、そもそも〝眼力〟の備わっていない人間が修得するのは困難だと言われているからである。

しかし、魔法の中で最も不正確な分野とも言われていて、本当に必要だと思っている魔法使いは少ない。ハーマイオニーに言わせれば「『数占い』のクラスに比べたら、まったくのクズよ！」だそうだ。

教科担当：シビル・トレローニー先生

ひょろりとやせた女性で、大きなメガネに鎖やビーズ、腕輪や指輪をジャラジャラとぶら下げた、ちょっと怪しげな先生。

授業中にやたらと予言をするのだが、あまり当たらない。これまでに2回だけ本当の予言をしているが、本人は予言したことに気づいていないと思われる。授業が行なわれている北塔のてっぺんの部屋から滅多に出てくることがないので、彼女の授業を受けることのない人間のほとんどは彼女の存在を知らないらしい。

マグル的勉強法：必要な道具もマグル世界で揃うものばかりだし、占いに関する本もたくさん出版されているので、この科目はマグルでも十分に学ぶことができる。

ただ、やはり不正確な面があることは否定できないので、あまり頼りすぎないことが占いと上手く付き合うコツだろう。

【数占い】……………………………

授業内容：授業シーンがまったくないので、どんなことを学んでいるのかは不明

……だが、ハーマイオニーはこの科目について「すばらしいのよ！　私の好きな科目なの」と絶賛していた。「あてずっぽうが多すぎる」と『占い学』を批判していたハーマイオニーが絶賛するということは、かなり論理的思考を必要とするマグル的な学問なのだろう。

また、ハリーやロンが受講していなくて、ハーマイオニーが喜んで受講しているということから、かなり難解で面倒くさい科目であると推測できる。よって、マグル界で言うところの『数学』と同じようなポジションにある科目ではないかと思われる。

教科担当：ベクトル先生

ロンがハーマイオニーと話しているところを目撃しただけで、それ以外の登場はなし。そのため、どんな先生なのかは不明。

マグル的勉強法：これは、やっぱり『数学』を勉強すればよいのではないだろうか。ハマれば結構楽しいのが数学。パズルのような感覚で取り組めば、ハーマイオニーのように楽しめる……かも。

【マグル学】…………………

授業内容：マグルの生活習慣や風習などについて学ぶ。

パーシー曰く、「魔法使いたるもの魔法社会以外のことを完璧に理解しておくべき」ということで、マグル関係の仕事に就きたいと思ったら学んでおいて損はないらしい。

授業シーンはないのだが、ハーマイオニーが「マグルはなぜ電気を必要とするか説明せよ」という作文を書いていたことから、主にマグルの日常生活について学んでいると思われる。

さらに、双子のジョージのようにヘアピンで鍵を開けるという『マグルの小技』を身に付けている魔法使いがいたりして、いったいどこまで教えてくれるのかマグルにとっても興味津々の授業である。

教科担当：不明

マグル的勉強法：「マグルのことを魔法的視点から勉強する」というのが、この科目の魅力だと語っていたハーマイオニー。確かに、改めて自分たちの生活を見渡してみれば、魔法が使えなくても使えないなりに、いろんな人がいろんなものを発明し、工夫し努力してきたのがわかる。気づけば周りには魔法に代わる便利なもので溢れている。そんな発見をするのは、意外

と楽しいかも知れない。

【古代ルーン文字】…………

- **授業内容：古代ルーン文字について学ぶ。**

古代ルーン文字とは……。詳しいことは何も触れられていないのでわからないが、『古代』というくらいなので、おそらく魔法界に存在する古い言葉で、今に残すために学ばせているのではないかと思われる。

もしかしたらハーマイオニーは古い文献などを読むために必要だと考えたのかもしれない。そう推測すると、ロンにとっては酷く退屈な授業なのではないかと想像することもできる。

- **教科担当：不明**
- **マグル的勉強法：スコットランドやアイルランドのゲール語や、ウェールズやコーンウォールなどのブリタニック語のように、イギリスには昔は広い地域で話されていたが現在では一部の地域でしか使われなくなってしまった言葉が存在する。**

そして、実際にこれらの言葉を必修科目として取り入れている学校も存在する。もちろん、

このような言葉はイギリスだけでなく世界中に存在し、日本には現在では話せる人がほとんどいなくなってしまったアイヌ語などが存在する。そのような言葉を、その土地の文化や風習などと共に学んでみてはどうだろう。

ということで、めでたく3年生になったハリーたちは、さらに忙しい日々を送っている。
では、3年生になったハリーたちの時間割も作成してみよう。

【3年生】……………………

金	呪文学	薬草学	変身術	闇の魔術の防衛		
木	占い学（数占い）	魔法薬学	闇の魔術の防衛（マグル学）			
水	魔法生物飼育（数占い）	呪文学	占い学（数占い／マグル学）	薬草学	飛行訓練	天文学
火	占い学（数占い／マグル学）	変身術	魔法生物飼育	魔法薬学	呪文学	
月	魔法薬学	占い学（ルーン文字）	闇の魔術の防衛	薬草学	変身術	

※指定の教科書は次の通りである。

『基本呪文集（三学年用）』
『中級変身術』
『未来の霧を晴らす』……カッサンドラ・バブラッキー著
『怪物的な怪物の本』

さて、以上が3年生になったハリーたちの一週間だ。

どこにも1日の授業数が増えたなどとは書いてはいないが、選択科目の分増やさなければはっきり言って消化できない。ハリーたちの勉強は確実に過酷になってきているのである。

ちなみに、ハーマイオニーは『逆転時計』を使って（　）内の科目も受講していた。さすがに疲れたのか、マグル学と占い学をやめて普通の時間割に戻ると言っていたが、ロンが「魔法生物飼育学」の時間に「数占い」の授業を受けていたと指摘していたので（③P317）、その二つを落としただけでは、どうやっても普通の時間割に戻ることはムリである。

また、これもまたロンが指摘していたのだが、ハーマイオニーは1日に10科目も授業を取っている日があると言っていた（③P130）。そうなると、これまでに登場した科目の他にも何か他の授業を選択していないと不可能なのだ。恐るべしハーマイオニーの執念……。

しかも、これらの科目はすべて、上級生になるにつれ『闇の魔術の防衛術』は『闇の魔術に対する上級防衛法』へというように、内容も徐々に難しくなっていくのである。

ということで、ハリーたちの一週間がどれだけ忙しく、またどれだけ勉強しなければ一人前の魔法使いになれないか分かっていただけたことだろう。

どんな仕事でも楽なものなどは一つもない。とっても楽そうに見える魔法使いも、真剣に目指そうとなると、これだけ大変な職業（？）だったのである。

クィディッチ入門

魔法使いなら大人から子供まで誰もが虜になってしまう魔法界の大人気スポーツ、それがクィディッチである。もちろん、新人魔法使いハリーも例外ではなく、どんな便利な魔法よりもクィディッチに夢中なのだ。

どんなスポーツなのかというと、いろいろな要素をもった複雑な競技で、マグル界のサッカーやバスケットボール、ラクロス、ホッケーなどが合わさった球技と言った感じ。とてもじゃないが、一言で説明するのは難しい。しかも、ボールは自ら勝手に動き回るし、競技者はみんな箒に乗っていて、競技中はずーっと空中を飛び回っているという、想像するだけでも大変難儀なスポーツなのである。

だからといって、クィディッチを知らずしてハリー・ポッターを語ることなかれ、ということで、この厄介なスポーツを、できる限り分かりやすくまとめてみよう。

【箒】……………………

クィディッチはプレーヤーが乗る箒の性能によって、その勝敗が大きく左右される。そのため、箒はクィディッチをプレイするうえで最も大切な要素のひとつとなる。

現在、最高峰といわれる箒はハリーが現在使用しているレース用箒『炎の雷・ファイアボルト』。完璧な形状を持ち、わずか10秒で時速２４０キロメートルまで加速することができるという、ほとんどＦ1マシーンといったおもむき。ちなみに値段は公表されていないが、相当高価な物ではないかと思われる。

箒の購入はダイアゴン横丁の『高級クイディッチ用具店』がおすすめ。また『賢い箒の選び方』の巻末についている注文書による通信販売も可能だ。

ニンバス２０００

ニンバスとは雨雲の意。『賢者の石』でハリーがマクゴナガル先生にシーカーの素質を見出されて、最年少寮代表に抜擢されたときに与えられた箒である。

ニンバス競技用箒会社製造。１９９１年リリース。

ニンバス２００１

ドラコ・マルフォイの父がスリザリンチーム全員に買い与えたもの。そのおかげでドラコはシーカーになれたらしい。

ニンバス競技用箒会社によるニンバス２０００の後継モデル。１９９２年リリース。

ファイアボルト

シリウスが13年間分のクリスマスプレゼントとしてハリーに贈ったのが、このファイアボルト。国際試合級の性能。１９９３年現在最新かつ最速モデル。

シューティング・スター（流れ星）

蝶にも追い抜かれるという、ロン所有の中古の箒。1955年（!）発売。ユニバーサル箒株式会社製で、当時、最も安い箒として人気を得たが、その後衰退。ユニバーサル箒株式会社は、1978年に破産している。

コメット260号

レイブンクローのシーカー、チョウ・チャン所有。ドラコの自宅用でもあるらしい。競技用箒会社コメット商事製造。

シルバー・アロー

マダム・フーチが飛ぶことを覚えたという箒。良い箒だったらしいが、残念ながら現在生産中止。競技用箒の先駆けと言われている。箒職人レオナード・ジュークス製造。

クリーンスイープ

ロンの兄、双子のフレッドとジョージは5号を所有。レイブンクローチームが7号を使用している。ニンバス2000に次ぐクラスの性能。

クリーンスイープ箒製造会社製。

【ボール】……………

箒にまたがって競技を行なうだけでも驚きなのに、なんとクィディッチで使用されるボールは自らが動き回るうえに、競技場内には何個ものボールが行き交っている。

その種類は次の通り。

クアッフル

サッカーボール大の赤いボール。唯一、自ら動かない安全なボール。

ブラッジャー

クアッフルより少し小さい黒いボール。競技中には、このボールが2つ、勝手に飛び回り選手を箒からたたき落とそうとする。

かなり危険なボールなのだが、とりあえずは長いホグワーツの歴史のなかでも、顎《あご》の骨を折った選手が2〜3人いるくらいで、死亡事故は起きていないらしい。

金のスニッチ

胡桃《くるみ》大の金色のボール。銀色の羽が生えていて、とにかくものすごく速くて見えにくいボール。

【プレーヤーとポジション】……………

プレーヤーは各チーム7名で、競技は2チームの対戦形式で行なわれる。それぞれのポジション名と役割は次の通りである。

チェイサー

各チーム3名。クアッフルを投げあい、相手ゴールに入れる。

キーパー

各チーム1名。味方ゴールの周りを飛び回って、相手のシュートを阻む。

ビーター

各チーム2名。クラブと呼ばれる野球のバットのような棍棒で、ブラッジャーを相手陣地へ打ち返す。

シーカー

各チーム1名。他のプレーヤーやボールの間を飛び回って、敵のシーカーより先に金のスニッチを捕まえる。

【ルール】……………

プレーヤーたちが飛び回るクィディッチ競技場には、ラグビーの競技場のように、それぞれの陣地のエンドにポールが立っている。

ただし、ラグビーは2本だがクィディッチの場合は3本。ラインの中央と両端に立っていて、その先端、高さ16メートルのところに金の輪がついている。その輪がゴールで、ここにチェイサーがクアッフルを投げ込むのだ。

あとは縦も横も思いのまま、箒にまたがったプレーヤーたちとクアッフル、ブラッジャー、スニッチ、そして審判も飛び回る。

チェイサーが相手ゴールにクアッフルを入れると10点獲得。シーカーが金のスニッチを捕まえると150点獲得。スニッチが捕まったところでゲームセットとなる。

そして、スニッチが捕まらない限り試合は終わらない。雨天も決行。最長記録はなんと3ヶ月、メンバーを交代しながら続けたという。これはクリケットのルールに近い。

ちなみに、雨天でも決行されるというのはラグビーやサッカーなどと同じだし、箒に乗って競技するというのは、まるで馬に乗って競技するポロのよう。つまり、クィディッチはイギリス発祥のスポーツや人気スポーツの美味しいとこどりのスポーツだったのだ。

反則は全部で700もあり、進路妨害やわざとぶつかることなどはもちろん反則。

ところが、ハリーが初試合で、スリザリンのマーカス・フリントに進路を妨害されたため、コースを外れ、かろうじで箒にしがみついて落下を防いだという危険なプレイに直面したとき、マグル出身のディーン・トーマスが「審判！　レッドカードだ！」と叫んだのに対し、魔法界出身のロンは「レッドカードって何？」と間抜けな質問をしていた。なんとクィディッチには退場がないのだ。

このようにクィディッチは、とても英国紳士のお国のスポーツとは思えない、バイオレンスなスポーツでもあるのだ。

【観　戦】…………………

箒で飛び回る選手を観戦するのだから、観客席も当然高い位置にある。しかし、それでも場所によっては見えにくいこともあるらしく望遠鏡持参の観客もいる。

お勧めはスピードコントロールやリプレイ機能のついた魔法の双眼鏡。

【組　織】……………

クィディッチは11世紀頃、クィアディッチ湿原で行なわれていた箒に乗って行なう球技が始まりではないかと言われている。

当時、金のスニッチは存在せず、ルールも完全には確立されていなかった。その後、1398年、魔法使いザカリアス・マンプスによって初めて細かい原則が規定され、1473年にはクィディッチ・ワールドカップが開催、以後ヨーロッパを中心に世界中に広まっていった。

イギリスでは、1674年にクィディッチ・リーグを設立、現在13のプロチームが存在し、毎年リーグ杯が開催されている。

ちなみに、1994年にはイギリスが30年ぶりにクィディッチ・ワールドカップ開催国となる。運営は国際クィディッチ協会（International Association of Quidditch）。また魔法省内の魔法ゲームおよびスポーツ局（theDepartment of Games and Sports）が国内での管轄部門となっている。

また、日本でも過去百年の間に急激にクィディッチ人気が上昇、トヨハシ・テング（豊橋天狗）というクィディッチのプロチームも存在する。これは珍しいケースで、アジアの多くの国は、箒よりも空飛ぶカーペットが主流なため、各国の魔法省はクィディッチを疑わしい目で見ているという。

【無敵のグリフィンドールチームとライバルたち】……………

ホグワーツでは毎年クィディッチ優勝杯を賭けた寮対抗戦が行なわれている。5年ほど優勝から遠ざかるなか、ハリーが寮代表選手に選ばれる前年の最終試合でグリフィンドールはスリザリンにぺしゃんこにされたらしい。

そこへ彗星のごとく現れたハリー。彼の生まれ持った才能はグリフィンドールに数々の奇跡をもたらした。なんと、吸魂鬼出現で箒から落下してしまった対ハッフルパフ戦以外は、負けなしというまれに見る結果を残しているのだ。

戦歴は左頁の通り、もちろんハリー以外の選手も大活躍！

【各寮代表選手名簿】…………

グリフィンドール

・アンジェリーナ・ジョンソン…チェイサー　魅力的な女性らしいが、かなりの負けず嫌い。

※[　]内は得点の内訳

■1991年度■

第一試合		グリフィンドールvsスリザリン｜審判：マダム・フーチ
G	170点	[10点（アンジェリーナ）、10点（アリシア／ペナルティシュート）、150点（ハリー／スニッチ）]
S	60点	[60点（マーカス／ハリーの箒に呪いがかかっていた隙に）]

第二試合		グリフィンドールvsハッフルパフ｜審判：スネイプ
G	150点	[150点（ハリー／スニッチを開始5分でゲット）]
H	20点	[10点（?／ペナルティシュート）、10点（?／ペナルティシュート）]

■1992年度■

第一試合		グリフィンドールvsスリザリン｜審判：マダム・フーチ
G	150点	[150点（ハリー／骨折しながらもキャッチ）]
S	60点	[60点（?／ハリーがブラッジャーに襲われている間に）]

第二試合		グリフィンドールvsハッフルパフ
中止		[ハーマイオニーとペネロピーが秘密の部屋のバジリスクに襲われ石にされたため]

■1993年度■

第一試合		グリフィンドールvsハッフルパフ｜審判：マダム・フーチ
G	50点	[暴風雨のため状況不明]　※G、Hとも点数は推定
H	150点	[150点（セドリック／接戦中吸魂鬼出現のためハリー箒から落下）]

第二試合		グリフィンドールvsレイブンクロー｜審判：マダム・フーチ
G	230点	[10点（ケイティ）、70点（?）、150点（ハリー）]
R	30点	[30点（?）]

第三試合		グリフィンドールvsスリザリン｜審判：マダム・フーチ
G	230点	[30点（アンジェリーナ）、20点（アリシア）、20点（ケイティ）、10点（?）、150点（ハリー）]
S	20点	[10点（フリント）、10点（モンタギュー）]

・アリシア・スピネット……チェイサー　補欠からレギュラーになったがんばり屋。
・ケイティ・ベル……チェイサー　地味ながらいい仕事のとびっきりのチェイサー。
・オリバー・ウッド……キーパー　クィディッチへの情熱のため社会的常識を超えた発言多し。
・ジョージ・ウィーズリー……ビーター　人間ブラッジャーの片割れ。
・フレッド・ウィーズリー……ビーター　負け知らずのビーターの片割れ。
・ハリー・ポッター……シーカー　最新箒もやすやす乗りこなす生まれつきのシーカー。

（OB）
・チャーリー・ウィーズリー……シーカー　ナショナルチームクラスの腕前を持つ伝説の選手。
・ジェームズ・ポッター……ハリーの才能は彼譲り。

レイブンクロー
・チョウ・チャン……シーカー　試合中もニッコリ笑顔で相手を翻弄する技をもつ。
・ロジャー・デイビス……キャプテン

ハッフルパフ
・セドリック・ディゴリー……シーカー　チームを立て直した爽やかでハンサムなキャプテン。

スリザリン

・マーカス・フリント……チェイサー　ラフ・プレー野郎。キャプテン。

・プレッチリー……キーパー（第1巻）

・テンレス・ヒッグズ……シーカー（第1巻）

・エイドリアン・ピュシー……チェイサー（第1・2巻）

・ドラコ・マルフォイ……シーカー　姑息な技には定評あり。（第2・3巻）

・モンタギュー……チェイサー（第3巻）

・ワリントン……チェイサー（第3巻）

・デリック……ビーター（第3巻）

・ボール……ビーター（第3巻）

【実況放送】……………………

スポーツに実況中継はかかせない。ホグワーツにももちろん名解説者が存在する。

その名はリー・ジョーダン。グリフィンドール生で、双子のフレッドとジョージの盟友である彼の実況は完全なグリフィンドール応援実況であるため、常にマクゴナガル先生の厳しい監視下で行なわれている。

しかし、それにもかかわらず、彼のひいき実況は止まることを知らない。たとえ嵐のようなブーイングを受けようとも、対スリザリン戦などではブーイングを浴びれば浴びるほど舌鋒《ぜっぽう》が鋭くなっていく。

そして時にはグリフィンドールのチェイサー、アンジェリーナについて「かなり魅力的」などという私的な発言を連発。

また、かなりの箒マニアでもあるらしく、ハリーのファイアボルトが登場したときには箒ウンチクまで披露。

マクゴナガル先生の厳しいクレームをかわしつつ、言いたいことを放送し続けるリー。「言うべきことは言ったもん勝ち」という勢いを感じさせる彼の実況に今後も期待しよう。

※参考文献「『クィディッチ今昔』ケニルワージー・ウィスプ著」
著者J・K・ローリング　訳者松岡祐子（静山社）

基本呪文集―マグル用

魔法は杖さえあれば何でもできるわけではない。無数の呪文を覚え、練習を重ねなければ自由に使いこなすことは不可能である。ここに記したのは、1～3巻までに使われた全呪文と合い言葉である。ラテン語や英語、フランス語など、いろんな言葉が組み合わせられてできていて、どれもいかにも「呪文！」って感じのものばかり。そんな呪文を聞いただけで、何の魔法かわかっちゃう人、そんなアナタにはホグワーツ首席バッチを進呈！

【呪文】……………………

移動系呪文

物を動かす呪文は、最も基礎的な呪文である。軽い羽のようなものから練習し、徐々に重い物に挑戦していく。

・物を飛ばす呪文**「ウィンガ～ディアム　レヴィオ～サ！」**

・木を動かす呪文**「モビリアーブス、木よ動け！」**

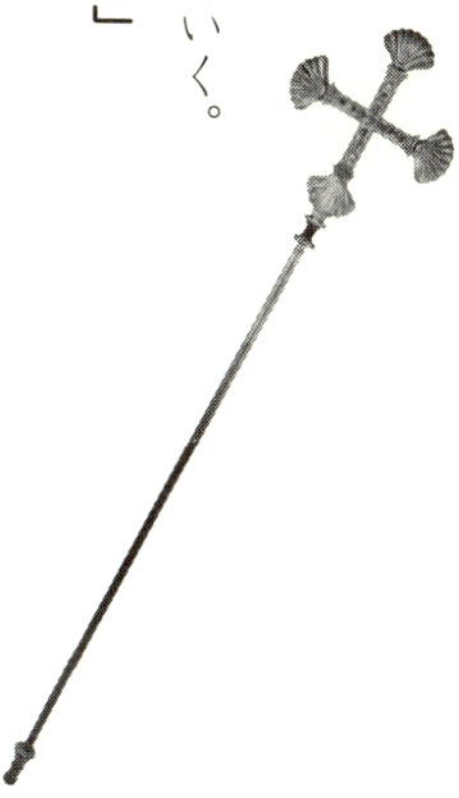

・気を失っている人間を運ぶ呪文**「モビリコーパス、体よ動け！」**

生活系呪文

毎日の生活の中で、知っているととっても便利な呪文。比較的簡単な呪文ばかりなので、半人前の魔法使いでも気軽に使いこなすことが可能である。

・鍵を開ける呪文**「アロホモラ！」**
・透明インクを出現させる呪文**「アパレシウム、現れよ！」**
・杖先に明かりを灯す呪文**「モールス！　光よ」**
・杖先の灯りを消す呪文**「ノックス、消えよ！」**
・防水の呪文**「インパービァス、防水せよ！」**
・包帯を巻く呪文**「フェルーラ、巻け」**

攻撃系呪文

攻撃するために使われる呪文。かなり危険な呪文もあるので、十分に練習してから実行に移すこと。特に古い杖や壊れた杖などは、逆噴射して自分を攻撃してしまうことがあるので注意したい。

・足縛りの呪文**「ロコモーター　モルティス」**

・全身金縛りの呪文**「ペトリフィカス　トタルス、石になれ！」**

・武装解除の術の呪文**「エクスペリア〜ムズ！　武器よ去れ」**

・くすぐりの術の呪文**「リクタスセンプラ！　笑い続けよ！」**

・クイック・ステップを踏ませる呪文**「タラントァレグラ！　踊れ！」**

・くすぐりの術とクィック・ステップを止める呪文**「フィニ〜ト・インカンタ〜テム！　呪文よ　終われ！」**

・ヘビを出現させる呪文**「サ〜ペンソ〜ティア！　ヘビ出よ！」**

・忘却術の呪文**「オブリビエイト、忘れよ！」**

・鍵穴などに詰まっているガムを相手の鼻の穴などに詰め替える呪文**「ワディワジ、逆詰め！」**

・ボガート退治の呪文**「リディクラス、ばかばかしい！」**

・守護霊を出現させる呪文**「エクスペクト・パトローナム、守護霊よ来たれ！」**

特殊系呪文

ある特定の人間しか使えなかったり、特定の物に対してしか通じない呪文。

・ご馳走を出す呪文**「そーれ！　わっしょい！　こらしょい！　どっこらしょい！」**

・スリザリンの石像からバジリスクを出す呪文（蛇語）**「スリザリンよ。ホグワーツの中で最強の者よ。われに話したまえ」**

・忍びの地図を現す呪文**「われ、ここに誓う。われ、よからぬことをたくらむ者なり」**

・忍びの地図を終了させる呪文**「いたずら完了！」**

・隠された秘密を出現させる呪文**「汝の秘密を顕《あらわ》せ！」**

【合い言葉】…………………

グリフィンドール塔入口

・太った婦人**「カプ〜ト　ドラコニス」「豚の鼻」「ミミダレミツスイ（ワトルバード）」「フォルチュナ・マジョール。たなぼた！」「フリバティジベット」**

・カドガン卿**「スカービー・カー、下賤な犬め」「オヅボディキンズ」**

スリザリン塔入口

「純血！」

校長室入口（ガーゴイル像＝怪獣像**）**

「レモン・キャンデー！」

ホグズミードへの抜け道の入口（隻眼の魔女像）

「ディセンディウム、降下」

【失敗例】……

・ロンがスキャバーズを黄色くしようとして失敗した呪文。

「お陽さま、雛菊《ひなぎく》、溶ろけたバタ〜。デブで間抜けなねずみを黄色に変えよ」

・ロンが妖精の魔法の授業で羽を動かそうとして失敗した呪文。

「ウィンガディアム　レヴィオ〜サ！」

・ギルデロイ・ロックハートがピクシー妖精を捕まえようとして失敗した呪文。

「ペスキピクシペステルノミ〜　ピクシー虫よ去れ！」

呪文はハッキリと正確に発音しましょう！

魔法界ショップリスト

『ハリー・ポッター』ワールドの中でも、特に興味を引くのは、魔法使いや魔女たちが通い詰めるショップの数々。

そこで、一度は行ってみたいこれらのショップをエリア別に一挙紹介。世界中にあるどんなショッピングエリアよりも、魅力的で最先端を行く魔法ショップを堪能しよう。

【ダイアゴン横町】…………

ダイアゴン「横町」とは言っても揃わない物はほとんどない、遠方からも多くの魔法使いたちが集まるショッピングスポット。そこは、初めて訪れたハリーが「目玉が八つくらい欲しい」と思ってしまったほど魅力的な町だ。

その語源は『Diagonal＝対角線』からきていると言われていて、ロンドンの街中にある『漏れ鍋』というパブの中庭、そこの壁の、ある煉瓦を魔法の杖で叩かないと、その入り口は開かれないという、ちょっと不思議な場所なのだ。

漏れ鍋

ロンドンの街中にひっそりと佇むパブ『漏れ鍋』。知らないと気づかずに通り過ぎてしまいそうな小さな店だが、店内はいつも多くの魔法使いで賑わっている。ビールやブランデーなどのアルコール類はもちろん、食事のメニューも充実。フルコースでディナーを楽しむこともできる。オススメはチョコレート・ケーキ。

そのほか、生の肝臓なども揃っているので、誰でも楽しめること間違いなし。2階には宿泊するための個室も備わっているので、遠方から来た買い物客にも頼もしい店だ。

鍋屋

漏れ鍋の裏庭からダイアゴン横町に入ると一番最初に目につくのがこの店。銅、真鍮《しんちゅう》、錫《すず》、銀製などから、勝手に中身を混ぜてくれる便利な『自動かき混ぜ鍋』まで、大小あらゆる鍋が揃う鍋専門店。高級志向の魔法使いには純金の大鍋などがオススメ。

薬問屋

薬草や乾燥させた植物の根などの基本的なものから、一角獣の角やきもなど高価な物まで魔法薬に関するものなら何でも揃う。店内は悪くなった卵と腐ったキャベツの混じったような匂いが立ちこめ、お世辞にも居心地の良い店とは言えないが、壁には鮮やかな色をした粉末が入った瓶がずらっと並び、天井からは羽の束や牙のねじ曲がったツメが糸に通してぶら下げられていて、見ているだけでも楽しくなりそう。

イーロップのふくろう百貨店

ホグワーツの生徒にも大流行のふくろうを手に入れるなら、ここ『イーロップのふくろう百貨店』をぜひ訪れたい。薄暗い店内には、あらゆる種類のふくろうがずらり。

森ふくろう、このはずく、めんふくろう、茶ふくろう、白ふくろうなど、ここならば絶対に欲しいふくろうが見つかるはず。

マダムマルキンの洋装店

普段着から式服まで扱っている洋装店。藤色ずくめの服を着た、愛想のよい、ずんぐりした魔女マダム・マルキンが丁寧に採寸してくれる親切なお店。

ホグワーツ魔法魔術学校制服取扱店。

フローリシュ・アンド・ブロッツ書店

マダムマルキンの洋装店の隣にある大型書店。天井までぎっしりと積み上げられた本は、どれも興味深いものばかり。なかでも、人にかみつく『怪物的な怪物本』や、どこにあるのか絶対に見つけられない『透明術の透明本』などは、店主を悩ませるほどの変わり種本。ギルデロイ・ロックハートなどの著名人のサイン会が開催されることもある。

ホグワーツ魔法魔術学校指定教科書取扱店。

オリバンダーの店

創業紀元前三八二年の老舗杖メーカー。扱っている杖はすべて最高級のものばかりで、杖自体はマホガニーや黒檀《こくたん》、ぶなの木、柊《ひいらぎ》などが使われ、芯には一角獣のたてがみや不死鳥の羽、ドラゴンの心臓の琴線など強力な魔力を持つ物が用いられている。そのバリエーションは無数で何一つとして同じ杖は置いていない。

店主のオリバンダー老人が、買い手のあらゆるサイズを測り、根気強く、その人にあった杖を必ず探してくれるので、初めて杖を持つ人も安心だ。

高級クィディッチ用具店

特に人気なのがレース用箒で、どこよりも早く『ニンバス2000』や『ファイアボルト』などを入荷したりと、常に業界最先端を行く店。箒が飾られたウィンドウの前は、いつも最新型箒に憧れる子供たちで賑わっている。そのほか、人気クィディッチ・チームのユニホームなども扱っているので、クィディッチ・マニアにはたまらないショップだ。

ギャンボル・アンド・ジェイプスいたずら専門店

いたずらのための道具ばかりを扱っている専門店。なかでも人気なのは『ドクター・フィリバスターの長々花火―火なしで火がつくヒヤヒヤ花火―』で、ホグワーツ生のあいだでは、買いだめが基本。ホグワーツ生一部御用達の店。

フローリアン・フォーテスキュー・アイスクリーム・パーラー

陽当たりの良いテラスが気持ちいいカフェ。オススメは『ナッツ入りチョコレートとラズベリーのアイス』と『苺とピーナッツバターのアイスクリーム』。中世の魔女の火あぶりについて詳しい店主フローリアン・フォーテスキュー氏とのおしゃべりも楽しみたい。

魔法動物ペットショップ

店内に入ると、シルクハットに変身する白兎《うさぎ》や、縄跳びをするクロネズミ、宝石を散りばめた大亀などなど、とにかく所狭しと魔法動物が並んでいる。親切な魔女が、飼育方法など詳しく説明してくれるのはもちろん、病気のペットの相談にも乗ってくれる。

グリンゴッツ

魔法界で世界一安全だと言われている評判の銀行『グリンゴッツ』は、小さな店が立ち並ぶ中ひときわ高くそびえる真っ白な建物と、真紅と金色の制服を着た小鬼が目印。

磨き上げられたブロンズと銀の二つの扉を抜けると、大理石のホールが広がり、カウンターの向こうには百人を越える小鬼が忙しそうに働いている。地下は迷路のようになっているため、貸金庫までは小鬼がトロッコで案内してくれる。アフリカやエジプトなどにも支店がある大規模な銀行。

【夜の闇（ノクターン）横町】……

闇の魔術に関するものしか売っていないような店ばかりが軒を連ね、薄暗くて怪しい雰囲気の横町。

雰囲気通り、何も知らずに足を踏み入れると危険な場所なので、注意が必要だ。

ボージン・アンド・バークス

夜の闇横町のなかで最も規模の大きい闇の魔術に関する専門店。薄暗い店内には、泥棒や強盗に強い味方となる輝きの手や、呪われたネックレス、絞首刑用の長いロープなど、怪しげなものばかりが並んでいる。買い取りも行なっているが、店主のボージンはあまりいい顔をしてくれない。

【ホグズミード村】……

ホグワーツ近くに存在する端から端まで魔法だらけの村『ホグズミード』は、イギリスで唯一の完全にマグル無しの村だ。

クリスマスになると真っ白な雪に包まれ、茅葺《かやぶき》屋根の小さな家や店の戸口にヒイラギのリースが飾られ、木々には魔法でキャンドルが巻き付けられて、まるでクリスマス・カードから抜け出してきたような景色となる。

ダービシュ・アンド・バングズ

危険な者が近づいてくるとアラームを鳴らして教えてくれるスニーコスコープのような魔法の機械などを扱っている魔法用具店。修理なども受け付けてくれる便利なお店だ。

ハニーデュークス

ホグワーツ生に大人気の菓子専門店。店内は『特殊効果』や『異常な味』などコーナー別になっていて、棚という棚に魔法菓子が所狭しと並べられている。オススメは、食べると火を吹く『黒胡椒《こしょう》キャンディ』や舌に穴が開く『すっぱいペロペロ酸飴』など。大人気の『ナメクジ・ゼリー』も食べてみる価値あり。

ゾンコ

いたずらのための道具を扱っている専門店『ゾンコ』は、どんないたずらでも可能にしてくれそうな道具が揃うので、週末ともなれば多くのホグワーツ生で賑わう。オススメは『糞《くそ》爆弾』や『しゃっくり飴』『カエル卵石鹸』など。

三本の箒

荒くれ者の魔法戦士などで賑わうパブ。『ホット蜂蜜酒』や『紅い実のラム酒』などのアルコール類も充実しているが、なんといっても一番のオススメはノンアルコールの『バタービール』。熱くて甘い泡だった『バタービール』は一度飲んだらやみつきに。それと並んで人気なのが、この店のママ、マダム・ロスメルタ。

小粋な顔をした曲線美の彼女お目当ての客も多いとか。

郵便局

建物に入ると、まず止まり木に並んだ三百羽を越えるふくろうに圧倒される。大型の灰色のふくろうから、小型の近距離専用のコノハズクまで、ぎっしりと並べられたふくろうは配達速度によって色分けされて、世界中どこへでも配達することができる。
もちろん手紙だけでなく、小包なども０Ｋ。

【ANOTHER PLACE】……………

ホッグズ・ヘッド

おかしな奴がウヨウヨしている、ちょっと怪しげなパブ。ドラゴンの売人なんかが出入りしているらしいので気をつけたい。

魔法界法律辞典

ハリーたちが生活している魔法界には魔法省をという機関があり、マグルたちとはまた別の

法律が存在する。そして、『ハリー・ポッター』に登場する魔法使いや魔女たちは、その法律を守り、マグルたちに見つからないように気をつけながら暮らしているのである。

では、魔法省とはどんなところなのか、まずは省内に存在する機関をあげてみよう。

★魔法不適正使用取締局

ハリーの家で「浮遊術」が使われたことを察知し、ハリーに公式警告を出した局。

マグルに気づかれる危険性のある魔法行為や、未成年による違法魔法行為などを取り締まっている。

★マグル製品不正使用取締局

マグル製品に魔法をかけることを取り締まっている。魔法がかけられたマグル製品がマグルの手に渡ってしまったときなどには、マグルの記憶を消すなどの揉み消し工作も行なう。

局長はアーサー・ウィーズリーで、そのほか局員がパーキンスという老人1人しかいないという小さな局。

★実験的呪文委員会

アーサーが抜き打ち調査でひどく奇妙なイタチを見つけたとき、自分の局ではなく、ここの管轄だと言っていた。おそらく、未だ誰も試したことのないような魔法を行使してできてしまった奇妙なものや生き物などを取り締まっている局ではないかと思われる。

★魔法事故巻戻し局

ハリーがマージおばさんを膨らませた風船事件で、マージおばさんをパンクさせ、何事もなかったかのようにマージおばさんの記憶を修正した局。

★危険生物取締委員会

ハグリッドが授業で使ったヒッポグリフを取り調べ、裁判をして処刑した委員会。

☆魔法警察庁

パーシーが、もし魔法省に入省したら、この機関についての提案がたくさんあると熱く語っていた機関。シリウス・ブラックに唯一太刀打ちできたかもしれないと言われている訓練された特殊部隊を有する魔法警察部隊は、ここに属するのではないかと思われる。

☆魔法惨事部

12年前、当時ここの次官だった現魔法省大臣コーネリアス・ファッジが、シリウス・ブラックが起こしたとされる大虐殺の現場に、一番最初に駆けつけているので、おそらく魔法界を揺るがすような大事件を扱っている機関で、魔法警察庁の下に置かれているのではないかと思われる。

ちなみに、★マークがついた機関は明らかに魔法省内の機関であると確認できるもので、☆マークがついた機関は確認はできないものの、おそらく魔法省内にあるのであろう機関である。

しかし、確認はできないものの、魔法省大臣コーネリアス・ファッジのこれまでの任務内容を見てみると、容疑者ハグリッドをアズカバンに連行、脱獄犯シリウス・ブラックの捜索、シリウス・ブラックを逮捕するためアズカバンの看守ディメンターをホグワーツに配備など、明らかに魔法警察庁や魔法惨事部などの管轄であると思われる任務に深く携わってきている。

もし、魔法省と魔法警察庁が横並びの機関ならば、ここまで突っ込んで関与してくることはないだろう。ということで、魔法警察庁と魔法惨事部は、魔法省の下にある機関ではないかと考えることができるのだ。

つまり、魔法省というのは日本で言うところの内閣のもとにある各省庁のひとつではなく、魔法界全体を取り仕切っている行政機関、日本の内閣のようなものなのではないだろうか。ただ、この内閣のような位置にある魔法省が、イギリスの魔法界だけのものなのか、それとも世界中に広がる魔法界すべてのものなのかは、今のところ不明である。

しかし、3巻ではファッジ大臣が「凶悪犯シリウス・ブラック脱獄」という事実をマグルの首相（おそらくイギリスの首相）に伝えていることから、マグルの一部が魔法省の存在も承知しているということが発覚、魔法界の全貌は徐々に明らかになりつつある。

4巻ではイギリス以外の魔法使いも多数登場するので、今後魔法界の全貌はさらに解明されていくことだろう。

さて、次に魔法界の法律について具体的にどんな法律があるのか見てみよう。

ワーロック法

1709年にできた法律で、ドラゴンの飼育が禁じられた。

未成年魔法使いに対する妥当な制限に関する1875年法　C項

卒業前の未成年魔法使いは学校外で呪文を行使することを禁じられている。

未成年魔法使いの制限事項令

右記の法律の略称。

なんとかの制限に関する第19条とかなんとか

未成年魔法使い制限事項令のことではないかと思われる。緊急事態のときは半人前魔法使いでも魔法を使うことを許可されている。

国際魔法戦士連盟機密保持法　第13条

非魔法社会の者（マグル）に気づかれる危険性がある魔法行為を禁じられている。

マグル保護法

アーサー・ウィーズリーが作った法律。おそらく、魔法使いによるマグルに対する犯罪（魔法による傷害や殺人など）を禁ずるような法律ではないかと思われる。

以上がこれまでに明らかになっている法律だが、前途の魔法省内の各機関の活動などから、これ以外にも魔法界の法律はかなり細かくいろいろと定められているようだ。

ここで少し気になるのが、『ワーロック法』や『未成年魔法使いに対する〜』が定められた年号。

ホグワーツ魔法魔術学校が千年以上昔に設立された学校であることから、魔法使いや魔女たちが千年以上前から存在していたことは明らかで、つまり、魔法界は千年以上昔から存在していたことになるのだが、そのわりには1709年とか1875年とか、法律が定められたのがごく最近なのである。

これはどういうことなのか、考えられる理由は一つである。

今から一千年以上前、ホグワーツ魔法魔術学校が、あんな山奥に設立された理由は、その時代、魔法や魔術といったものは多くの人たちから恐れられ、魔法使いや魔女たちが迫害されていたからだった。

『14世紀における魔女の火あぶりの刑は無意味だった――意見を述べよ』

これは、ハリーが夏休みに出された魔法史の宿題だが、14世紀、ホグワーツが設立されてから最低でも400年以上経ったこのときも、魔法使いたちは迫害されていた。

ちなみに、17世紀前半のヨーロッパでは、実際に「魔女裁判」と呼ばれるものが盛んに行なわれていた。国や教会などが異端撲滅という目的で、特定の人を魔女に仕立て上げては裁判を起こし処刑していたのである。このとき、その中に本当の魔法使いや魔女がいたのかどうかはわからないが、とにかく、魔法使いや魔女たちは何百年という長い年月、迫害され続けてきた。

そこで彼らはどうしたか。おそらく彼らは、自分たちの身を守るため、魔法族が絶滅しないように、マグルから完全に身を隠すという方法を選んだのだろう。そのために必要だったのが、多くの魔法を規制するための法律である。

マグルに存在を気づかれないため、ドラゴンを飼うことを禁じ、マグルの前で魔法を使うことを禁じ、魔法に関するものを目撃したマグルの記憶は徹底的に消去する。つまり、魔法界の法律は、マグルから身を隠すために発展していったと考えられるのだ。おそらく、２００〜３００年前まで魔法界はもっと自由な世界だったのだろう。

魔法界にはルシウス・マルフォイのような純血しか認めない者がいて、マグル界にはダーズリー一家のように〝まとも〟な人間しか認められない者がいる。

いつか、彼らのような人間が、お互いを認めあったとき、魔法使いは私たちの前に現れてくれるのかもしれない。

名前辞典

※▽印は本書の関連項目を参照。

【あ】……………………

アーガス・フィルチ　ホグワーツの管理人。▽『ホグワーツ魔法魔術学校入学案内』

アーサー・ウィーズリー　ロンの父親。▽『ハリーの仲間たち』

アージニウス・ジガー　『魔法薬調合法』の著者。

アーニー・プラング　ナイト・バスの運転手。

アーニー・マクミラン　ハリーの同級生。ハッフルパフ生。太った男の子。マグル学を学んでいる。

アーマンド・ディペット　5年前のホグワーツの校長先生。

アグリッパ　蛙チョコレートのカードになるほどの有名人。▽『ハリー・ポッター公開オーディション』

アドルバート・ワフリング　『魔法論』の著者。

アラゴグ　『禁じられた森』に住む巨大蜘蛛。ハグリッドに育てられた。

アリシア・スピネット　グリフィンドール・チームのチェイサー。

アルジー　ネビルの大おじさん。魔法の力を引き出すため、ネビルを桟橋から突き落としたり、二階の窓から逆さ吊りにしたりしていた無茶なおじさん。

アルバス・ダンブルドア　ホグワーツの校長。▽『ハリーの仲間たち』『ホグワーツ魔法魔術学校入学案内』

アルベリック・グラニオン　蛙チョコレートのカードになっている有名人。

アンガス・フリート　マグル。空飛ぶフォード・アングリアの目撃者のひとり。

アンジェリーナ・ジョンソン　グリフィンドール・チームのチェイサー。リー・ジョーダン曰く美人らしい。

イボンヌ　ペチュニアの友達。ハリーを預かってもらおうとしたがバケーションでマジョルカ島に行ってしまっていた。

ヴィンディクタス・ヴェリディアン　『呪いのかけ方、解き方（友人をうっとりさせ、最新の復讐方法で敵を困らせよう）』の著者。

ウェンデリン　14世紀における魔女の火あぶり刑を、炎凍結術を施して、自らすすんで47回も楽しんだ変わり者の魔法使い。

ヴォルデモート　闇の魔法使い。▽『ヴォルデモートの正体』

ウッドクロフトのヘンギスト　蛙チョコレートのカードになっている有名人。

ウリック　奇人。1年生の魔法史の授業で習う名前。

エイドリアン・ピュシー　スリザリン生。クィディッチ・チームのチェイサー。

エニド　ネビルの大おばさん。

エメリック　悪人。1年生の魔法史の授業で習う名前。

エメリック・スウィッチ　『変身術入門』の著者。

エロール　ウィーズリー家のふくろう。かなりの老体で、配達の途中に何度もへばってしまったりと、弱り切っている。

オリーブ・ホーンビー　嘆きのマートルの同級生。マートルのメガネをからかったため、その後ゴーストとなったマートルに取り憑かれた。

オリバー・ウッド　グリフィンドール生。グリフィンドール・チームのキャプテン。現在7年生。

オリバンダー　高級杖店の店主。▽『魔法界ショップリスト』

【か】…………

カッサンドラ・バブラッキー　『未来の霧を晴らす』の著者。

カドガン卿　太った婦人の肖像画のかわりに、グリフィンドール塔の入り口にかけられた肖像画の騎士。

キルケ　蛙チョコレートのカードになっている有名人。

ギルデロイ・ロックハート　闇の魔術に対する防衛術を教えていた先生。▽『魔法学』

クィレル　闇の魔術に対する防衛術を教えていた先生。▽『魔法学』

クエンティン・トリンブル　『闇の力―護身術入門』の著者。

グラディス・ガージョン　ハリーが宛名書きをさせられたロックハートの大ファンのひとり。

クリオドナ　蛙チョコレートのカードになっているドルイド教女祭司。

グリップフック　グリンゴッツにいる小鬼の一人。ハグリッドとハリーを金庫に案内した。

グリンデルバルド　闇の魔法使い。▽『ハリー・ポッター公開オーディション』

クルックシャンクス　ハーマイオニーの飼い赤猫。

グレゴリー・ゴイル　ドラコ・マルフォイの子分。

ケイティ・ベル　グリフィンドール・チームのチェイサー。

ケトルバーン　魔法生物飼育学の教授。▽『魔法学』

ゴードン　ダドリー軍団のひとり。

コーネリウス・ファッジ　魔法省大臣。

ゴドリック・グリフィンドール　ホグワーツの創設者のひとり。▽『ホグワーツ魔法魔術学校入学案内』

コリン・クリービー　グリフィンドール生。ハリーを崇拝している。現在2年生。

【さ】…………

サラザール・スリザリン　ホグワーツの創設者のひとり。▽『ホグワーツ魔法魔術学校入学案内』

サリー―アン・パークス　ハリーの同級生。

シェーマス・フィネガン　ハリーの同級生。グリフィンドール生。マグルと魔女のハーフで、組分けに1分もかかった男の子。子供の頃はよく箒に乗って田舎の上空を飛び回っていた。

ジェームズ・ポッター　ハリーの父親。▽『ポッター夫妻の秘密』

ジニー・ウィーズリー　ロンの妹。▽『ハリーの仲間たち』

シニストラ　天文学の先生。▽『魔法学』

シビル・トレローニー　占い学の先生。▽『魔法学』

ジャスティン・フィンチ-フレッチリー　ハリーの同級生。ハッフルパフ生。

ジョージ・ウィーズリー　ウィーズリー家の双子の片割れ。▽『ハリーの仲間たち』

シリウス・ブラック　ハリーの父親の親友でハリーの名付け親。▽『ハリーの仲間たち』

スーザン・ボーンズ　ハリーの同級生。ハッフルパフ生。

スキャバーズ　ロンが飼っているねずみ。寝てばっかりの役立たずだが、いざというときには活躍する場合もある。

スタン・シャンパイク　ナイト・バスの車掌。

スプラウト　薬草学の先生。▽『魔法学』

セドリック・ディゴリー　ハッフルパフのキャプテンでシーカー。背が高くてハンサム。現在5年生。

セブルス・スネイプ　魔法薬学の先生。▽『魔法学』

セレスティナ・ワーベック　魔女。魔法界で人気の歌手。

【た】……………………

ダドリー・ダーズリー　ダーズリー家の長男。父親にそっくりで、豚に金髪のかつらをかぶせたような男の子。ハリーのいとこにあたり、趣味はハリーを殴ること。

血みどろ男爵　スリザリンのゴースト。

チャーリー・ウィーズリー　ウィーズリー家の次男。▽『ハリーの仲間たち』

D・J・プロッド　クイックスペルで魔法が上達したらしい魔法戦士。

チョウ・チャン　レイブンクロー生。クィディッチ・チームのシーカー。現在4年生。

ディーダラス・ディグル　スミレ色の三角帽子をかぶった小さな魔法使い。▽『ハリー・ポッター公開オーディション』

ディーン・トーマス　ハリーの同級生。グリフィンドール生で寮ではハリーと同室。絵が上手くて、サッカー好き。

デイビィ・ガージョン　昔、暴れ柳に近づいて、片目を失いかけた人。それ以来、暴れ柳に近づくことは禁じられた。

デニス　ダドリー軍団の一人。

デリック　スリザリン生。クィディッチ・チームのビーター。

デレク　ホグワーツ生。現在1年生。▽『ハリー・ポッター公開オーディション』

テレンス・ヒッグズ　スリザリン・チームのシーカー。

テリー・ブート　ハリーの同級生。レイブンクロー生。

ドビー　コウモリのような長い耳をして、テニスボールほどの緑色の目をした小さな生き物。マルフォイ家に仕えていた屋敷しもべ妖精。ハリーのお陰で自由になることができた。

トム　漏れ鍋の亭主。

トム・マールヴォロ・リドル　ヴォルデモートの本名。▽『ヴォルデモートの正体』

ドラコ・マルフォイ　ハリーを目の敵にしている青白い少年。純血崇拝者のスリザリン生。

ドリス・クロックフォード　魔法使い。▽『ハリー・ポッター公開オーディション』

トレバー　ネビルが飼っているヒキガエル。すぐに逃げるクセがある。

【な】……………………

嘆きのマートル　ホグワーツの3階の女子トイレに取り憑いているゴースト。バジリスクの犠牲者。

ニコラス・ド・ミムジー-ポーピントン　通称ほとんど首無しニック。グリフィンドールのゴースト。

ニコラス・フラメル　有名な錬金術師。ダンブルドアのパートナーとして共同研究をしていた。賢者の石の創造に唯一成功した者で、665歳まで生きていたことが確認されている。

ニュート・スキャマンダー　『幻の動物とその生息地』の著者。

ネビル・ロングボトム　ハリーの友達。魔女のおばあちゃんに育てられた。

ノーバート　ハグリッドが孵化させたドラゴン。ノルウェー・リッジバック種。

ノット　ハリーの同級生。

【は】……………………

パーキンス　マグル製品不正使用取締局にいる年寄り。

パーシー・ウィーズリー　ウィーズリー家の三男。▽『ハリーの仲間たち』

バーノン・ダーズリー　ハリーの伯父さん。肉付きのいい体型で首がほとんどない。巨大な口ひげをはやしている。

パーバティ・パチル　ハリーの同級生でグリフィンドールの女の子。双子。

ハーマイオニー・グレンジャー　ハリーの親友。▽『ハリーの仲間たち』

バチルダ・バグショット　『魔法史』の著者。

バックビーク　ハグリッドが可愛がっていたヒッポグリフ。現在はシリウス・ブラックと一緒にいると思われる。

パッドフット　シリウス・ブラックの学生時代のニックネーム。

パトリック・デレニー・ポドモア卿　通称スッパリ首無しポドモ

ア卿。首無し狩りクラブ会員。

パラセルサス　蛙チョコレートのカードになっている有名人。

バルッフィオ　呪文を間違えてバッファローの下敷きになった魔法使い。

パンジィ・パーキンソン　ハリーの同級生。スリザリン生の女の子。

ハンナ・アボット　一番最初に組分けされたハリーの同級生。ハッフルパフ生。金髪の女の子。

ピアーズ・ポルキス　ダドリーの第一子分で、ダドリーが誰かを殴るときに、相手の腕を後ろにねじ上げる役を務めている。ガリガリにやせているのが特徴。

ピーター・ペティグリュー　ハリーの父親の同級生。スキャバーズの正体。現在逃亡中。

ピーブズ　寮に住むポルターガイスト。▽『ホグワーツ魔法魔術学校入学案内』

ビリウス　ロンのおじさん。グリムを見た24時間後に死んでしまった。

ビル・ウィーズリー　ウィーズリー家の長男。▽『ハリーの仲間たち』

ピンキー　ラベンダーが飼っていたウサギ。狐に殺されてしまった。

ビンセント・クラッブ　スリザリン生。ドラコ・マルフォイの子分。

ビンズ　魔法史の先生。▽『魔法学』

ファブスター　マージおばさんの犬の世話をしている大佐。退役したため、あまりやることがないらしい。

ファング　ハグリッドが飼っている大型ボアハウンド犬。

フィッグ　ダードリー一家が出かけるときにハリーを預けるおばあさんで、ダードリー家のふた筋むこうに住んでいる。

フィリダ・スポア　『薬草ときのこ一〇〇〇種』の著者。

フィレンツェ　禁じられた森に住むケンタウルス。金髪にプラチナブロンドの胴体が特徴。

フォークス　ダンブルドアが飼っている不死鳥。

フォーセット　決闘クラブに参加していた女の子。

太った修道士　ハッフルパフに住むゴースト。

太ったレディ（婦人）　グリフィンドール寮の入り口にかけられている肖像画の女の人。合い言葉を知らない人間は絶対に中に入れてくれない。

プトレマイオス　蛙チョコレートのカードになっている有名人。▽『ハリー・ポッター公開オーディション』

フラッフィー　ハグリッドが可愛がっている三頭犬。

フリット・ウィック　呪文学（妖精の魔法）の先生。▽『魔法学』

ブレーズ・ザビニ　ハリーの同級生。スリザリン生。

プレッチリー　スリザリン生。クィディッチ・チームのキーパー。

フレッド・ウィーズリー　ウィーズリー家の双子の片割れ。▽『ハリーの仲間たち』

プルウェット　ヴォルデモートに殺された当時最も力のあった魔法使い一家のひとつ。

フローリアン・フォーテスキュー　アイスクリーム・パーラーの店主。▽『魔法界ショップリスト』

プロングズ　ジェームズ・ポッターの学生時代のニックネーム。

ベイン　禁じられた森に住むケンタウルス。真っ黒な髪と胴体が特徴。

ベクトル　数占いの先生。▽『魔法学』

ペチュニア・ダーズリー　ハリーの伯母さん。痩身で金髪、首の長さが普通の人の二倍はあり、趣味は近所の家を詮索すること。

ヘティ・ベイリス　マグル。空飛ぶフォード・アングリアの目撃者のひとり。

ヘドウィグ　ハリーが飼っている白いフクロウ。▽『ハリー・ポッター公開オーディション』

ペネロピー・クリアウォーター　レイブンクローの監督生。パーシーのガールフレンド。現在6年生。

ヘルメス　パーシーのふくろう。監督生になったときに両親からプレゼントされた。

ヘルガ・ハッフルパフ　ホグワーツの創設者のひとり。▽『ホグワーツ魔法魔術学校入学案内』

ペレネレ・フラメル　ニコラス・フラメルの妻。658歳まで生きていたことが確認されている。

ベロニカ・スメスリー　ハリーが宛名書きをさせられたロックハートの大ファンのひとり。

ボージン　闇の魔術に関するものしか売っていない店の店主。

ボール　スリザリン生。クィディッチ・チームのビーター。

ボーン　ヴォルデモートに殺された当時最も力のあった魔法使い一家のひとつ。

【ま】……………

マーカス・フリント　スリザリン・チームのキャプテン兼チェイサー。現在7年生。

マージョリー・ダーズリー　通称マージ。バーノン・ダーズリーの姉。姿も性格もバーノンにそっくりで、ブルドッグのブリーダーをしている。

マーチン・ミグズ　ロンが持っていたマンガの主人公。

マーリン　蛙チョコレートのカードになっている有名人。

マダム・Z・ネットルズ　クイックスペル受講者。

マダム・ピンス　ホグワーツの図書館の司書。▽『ホグワーツ魔法魔術学校入学案内』

マダム・フーチ　飛行訓練の先生。▽『魔法学』

マダム・ポンフリー　ホグワーツの校医。▽『ホグワーツ魔法魔術学校入学案内』

マダム・マーシ　ナイト・バスに乗っていた魔女。

マダム・マルキン　洋装店の店主。▽『魔法界ショップリスト』

マダム・ロスメルタ　パブ『三本の箒』のママ。▽『魔法界ショップリスト』

マッキノン　ヴォルデモートに殺された当時最も力のあった魔法使い一家のひとつ。

マファルダ・ホップカーク　魔法省、魔法不適正使用取締局の人間で、ハリーに公式警告状を出した。

マルコム　ダドリー軍団のひとり。

マンディ・ブロックルハースト　レイブンクロー生。ハリーの同級生。

マンダンガス・フレッチャー　ウィーズリー氏の抜き打ち調査を受けたひとり。

ミセス・ノリス　フィルチの飼っている猫。

ミネルバ・マクゴナガル　ホグワーツの副校長で変身術の先生。▽『魔法学』

ミランダ・ゴズホーク　『基本呪文集』の著者。

ミリセント・ブルストロード　ハリーの同級生。スリザリン生。

ムーニー　ルーピンの学生時代のニックネーム。

ムーン　ハリーの同級生。

メイソン　グラニングス社と取引をしようとしていたどこかの金持ちの土建屋。バーノンおじさんとの商談中、ドビーのせいで怒って帰ってしまった。

めそめそ未亡人　ケントに住むゴースト。

モートレイク　奇妙なイタチのことで魔法省から尋問を受けることになった人。

モサグ　禁じられた森に住む巨大蜘蛛アラゴグの妻。ハグリッドがアラゴグのために見つけてきてくれた。

モラグ・マクドゥガル　ハリーの同級生。

モリー・ウィーズリー　ロンの母親。▽『ハリーの仲間たち』

モルガナ　有名な魔女。ロンは蛙チョコレートのこの人のカードをもう6枚も持っているとウンザリしていた。

モンタギュー　スリザリン生。クィディッチ・チームのチェイサー。

【ら】……………………

ラベンダー・ブラウン　ハリーの同級生。グリフィンドール生。

リー・ジョーダン　ウィーズリー家の双子フレッドとジョージの友人。グリフィンドール生。▽『クィディッチ入門』

リーマス・J・ルーピン　闇の魔術の防衛術の先生。▽『魔法学』

リサ・ターピン　ハリーの同級生。レイブンクロー生。

リッパー　マージおばさんが飼っているブルドッグ。

リリー・ポッター　ハリーの母親。▽『ポッター夫妻の秘密』

ルシウス・マルフォイ　ドラコの父親。ヴォルデモートの信奉者だった。元ホグワーツ魔法魔術学校の理事。

ルビウス・ハグリッド　ホグワーツの森番。▽『ハリーの仲間たち』『ホグワーツ魔法魔術学校入学案内』

ロウェナ・レイブンクロー　ホグワーツの創設者のひとり。▽『ホグワーツ魔法魔術学校入学案内』

ロジャー・デイビス　レイブンクロー生。クィディッチ・チームキャプテン。

ロナルド・ウィーズリー　ハリーの親友。▽『ハリーの仲間たち』

ロナン　禁じられた森に住むケンタウルス。赤い髪と髭が特徴。

【わ】……………

ワームテール　ピーター・ペティグリューの学生時代のニックネーム。

ワリントン　スリザリン生。クィディッチ・チームのチェイサー。

ワルデン・マクネア　危険生物処理委員会の死刑執行人。ルシウス・マルフォイとは昔からの友人。

用語辞典

【あ】……………

愛の妙薬　ロックハートお勧めの薬。ウィーズリー婦人が若い頃に作った。スネイプが作り方を知っているらしい。

アイルランド・インターナショナル　ワールド・カップの本命といわれているクィディッチ・チーム。

悪魔の罠　暗闇と湿気を好み、火に弱い植物。人間などが近づくとツルを伸ばして固く巻きついて離れなくなる。

アコナイト　とりかぶとのこと。モンクスフード、ウルフスベーンなどと呼ばれている。

アズカバン　海のかなたの孤島にある、魔法使いのための牢獄。吸魂鬼によって守られている。

アニメーガス（動物もどき）　自由に動物に変身できる魔法使い。

暴れ柳　当たり返しをする木。枝を振り上げ殴りかかってくる。非常に貴重な植物。

現れゴム　真っ赤な消しゴムのようなもので、文字を消すのではなく、透明インクなどで書かれている文字を現せさせる。

イートン校　イギリスに実存するパブリック・スクール。名門校として有名。

イーロップのふくろう百貨店　▽『魔法界ショップリスト』

家ネズミ　魔力を示さない普通のネズミ。寿命は3年くらい。

異形変身拷問　呪いの一種。姿形を変形させ殺害する方法だと思われる。

異形戻しの術　狼男などを人間に戻す魔法。

生ける屍の水薬　アスフォデルの球根の粉末にニガヨモギを煎じ

たものを加えるとできる強力な眠り薬。

イタチ・サンドイッチ　ハグリッドの得意料理の一つ。味はイマイチらしい。

いもり（N・E・W・T）　めちゃくちゃ疲れる魔法テスト。最上級生が受ける難しいテストらしい。

ウェールズ・グリーン普通種　ドラゴンの種類。▽『ハグリッドの幻獣小屋』

ウエストハム・サッカーチーム　ハリーの同級生ディーンがひいきのサッカーチーム。

大イカ　ホグワーツ内の湖などに生息する生物。

狼男　▽『ハグリッドの幻獣小屋』

狼人間　（同）狼男。

大亀　魔法界の大亀は甲羅に宝石が散りばめられている。魔法動物ペットショップで購入可。

オグデンのオールド・ファイア・ウィスキー　ギルデロイ・ロックハートのプレゼントに適していると言われるウィスキー。

おしゃべりの呪い　死ぬまでしゃべり続けてしまう呪いだと思われる。

オッタリー・セント・キャッチポール　ウィーズリー家付近の村。

鬼婆　『漏れ鍋』や『三本の箒』などに出没。生の肝臓を食す。

おべんちゃらのグレゴリー　ホグワーツ内にある銅像。学校を抜け出すための秘密の抜け道の前にある。

思いだし玉　ビー玉くらいのガラス玉で、何か忘れているときに握りしめると、赤く光って忘れていることを教えてくれる。

オリバンダーの店　▽『魔法界ショップリスト』

【か】…………

ガーゴイル像（怪獣像）　ホグワーツ内にある石像。ダンブルドアの住む校長室の入口に建っている。

骸骨舞踏団　ゴーストによる舞踏団ではないかと思われる。パーティーなどに呼ぶことができる。予約制。

輝きの手　しなびた手の形をしていて、蝋燭を差し込むと持っている人間にしか見えない灯りが点る。泥棒や強盗などの最大の味方となる。

隠れ穴　ウィーズリー家の前に置いてある看板に書いてあった。おそらく屋号のようなものだと思われる。

隠れ術　身を隠すための魔法ではないかと思われる。

蛙チョコレート　有名魔法使いや魔女のカード付きチョコレート。

河童　▽『ハグリッドの幻獣小屋』

カメレオンお化け　身近なものに変身して姿をくらますお化けではないかと思われる。

ガリオン　魔法界の金貨。1ガリオン＝17シルック。

ガリオンくじグランプリ　日刊予言者新聞主催のくじ。賞金は700ガリオン。アーサー・ウィーズリーが当選した。

キーパー　クィディッチのポジション名。▽『クィディッチ入門』

危険生物取締委員会　▽『魔法界法律辞典』

ギャンボル・アンド・ジェイプスいたずら専門店　▽『魔法界ショップリスト』

吸血お化け　鶏を殺したりするお化け。

吸血鬼　(同)バンパイア。

九と四分の三番線　ホグワーツ行特急列車が発車するキングズ・クロス駅にあるプラットホーム。九番線と十番線の間にある柵を通り抜けていかなければならない。

禁じられた森　ホグワーツ構内にある森。

金のスニッチ　クィディッチ用のボール。▽『クィディッチ入門』

クアッフル　クィディッチ用のボール。▽『クィディッチ入門』

クイックスペル　誰でもすぐに効果が上がる魔法速習通信講座。

クィディッチ　▽『クィディッチ入門』

グールお化け　ロックハートの本に出てくるお化け。

臭い玉　おそらくそのまま臭い玉。ゾンコの店で購入可。

クサカゲロウ　ポリジュース薬の材料となる。

くすぐりの術　笑いを止まらなくさせる魔法。

薬問屋　▽『魔法界ショップリスト』

クソ爆弾　おそらく臭い爆弾。ウィーズリー家の双子ご愛用品。

クヌート　魔法界の銅貨。29クヌート＝1シルック。

首無し狩クラブ　首無しゴーストたちのクラブ。首投げ騎馬戦や首ポロなどの狩スポーツなどをしたりする。

組分け帽子　見た目はつぎはぎだらけで汚らしいただのとんがり帽子だが、ホグワーツの新入生の組分けをする考える帽子。

グラニングス社　ダーズリーが社長を務めている穴あけドリル製造会社。

クリーンスイープ5号　箒の機種。▽『クィディッチ入門』

クリーンスイープの7番　箒の機種。▽『クィディッチ入門』

グリフィンドール　ホグワーツの寮の名前。▽『ホグワーツ魔法魔術学校入学案内』

グリム(死神犬)　墓場に取り憑く巨大な亡霊犬。

グリンゴッツ　▽『魔法界ショップリスト』

グリンデロー(水魔)　▽『ハグリッドの幻獣小屋』

グレート・ハンベルト　ダドリーが楽しみにしているテレビ番組。毎週月曜日放送。

黒胡椒キャンディ　舐めると火をふくキャンディ。ハニーデュークスで購入可。

クロネズミ　魔法界のネズミは縄跳びなどができる。魔法動物ペットショップで購入可。

クロバエ　魔法界のヒキガエルのエサ。

穢れた血　両親とも魔法使いではない、マグルから生まれた魔法使いや魔女のことを指す最低の呼び方。最も侮辱した言葉。

激辛ペッパー　食べると口から煙が出るお菓子。

元気爆発薬　マダム・ポンフリー特製の風邪薬。すぐに効くが、数時間は耳から煙が出続ける。

賢者の石　いかなる金属をも黄金に変える力があり、また飲めば不老不死となる『命の水』の源でもある。

ケンタウルス　▽『ハグリッドの幻獣小屋』

小鬼　▽『魔法界ショップリスト』『ハグリッドの幻獣小屋』

高級クィディッチ用具店　▽『魔法界ショップリスト』

ゴキブリ・ゴソゴソ豆板　見た目はピーナッツに似たようなものらしい。ハニーデュークスで購入可。

国際魔法戦士連盟　ダンブルドアなどが会員の魔法戦士の団体。魔法省などを批判できる力を持っている。

ココナッツ・キャンディ　ピンク色のキャンディ。ハニーデュークスで購入可。

ゴドリックの谷　ポッター一家を殺そうとした日にヴォルデモートが現れた場所。

ゴブストーン　ビー玉に似た魔法ゲーム。失点するたびに、石が負けたプレイヤーの顔めがけて嫌な匂いのする液体を吹きかける。

コメット260号　箒の機種。▽『クィディッチ入門』

【さ】……………

叫びの屋敷　イギリスで一番恐ろしい呪われた幽霊屋敷。実際は、人狼に変身したルーピンが隠れるための屋敷だった。

砂糖羽ペン　羽ペン型のお菓子。

サラマンダー（火トカゲ）　▽『ハグリッドの幻獣小屋』

三本の箒　▽『魔法界ショップリスト』

シーカー　クィディッチのポジション名。▽『クィディッチ入門』

実験的呪文委員会　▽『魔法界法律辞典』

萎び無花果　魔法薬学の授業で使う教材。

忍びの地図　ホグワーツ城の地図。誰も知らない抜け道まで記されている地図で、今、誰がどこにいるかまでわかる仕組みになっている。

週刊魔女　魔法界の週刊誌。ギルデロイ・ロックハートにチャーミング・スマイル賞を5回も与えてしまった雑誌。

純血　両親とも魔法使いの家に生まれた魔法使いや魔女のこと。

シックル　魔法界の銀貨。1シックル＝29クヌート。

シルバー・アロー（銀の矢）　箒の機種。▽『クィディッチ入門』

白兎　魔法界の兎はシルクハットなどに変身できる。魔法動物ペットショップで購入可。

人狼　（同）狼男。

姿現し　ある特定の場所に姿を現す魔法。（反）姿くらまし。

姿くらまし　今いる場所から姿をくらます魔法。（反）姿現し。

スクイブ　魔法使いの家に生まれたのに、魔力を持っていない人のこと。

スケレ・グロ　抜き取られた骨を再生するための骨生え薬。かなりマズイらしい。

ストーンウォール校　ハリーが通う予定だった公立中学校。

スニーコスコープ　携帯の『かくれん防止器』。ガラスのミニチュア独楽のような形をしていて、うさんくさい奴が近づいてくると光ってクルクル回りだす。

スペロテープ　セロテープのようなもの。折れた杖などを繋ぐのに使う。

スメルティングズ男子校　ダドリーが通う名門中学校。

スメルティングズ杖　スメルティングズ校に通う者が持つことになっている、てっぺんにこぶ状の握りのある杖。

スリザリン　ホグワーツの寮の名前。▽『ホグワーツ魔法魔術学校入学案内』

隻眼の魔女像　ホグワーツ内にある像。ホグズミードへの抜け道の入り口になっている。

セント・ブルータス更正不能非行少年院　更正不能のケースでは一流といわれている施設。マージおばさんは、ハリーがここに収容されていると思っている。

ゾンコ　▽『魔法界ショップリスト』

【た】……………………

ダービシュ・アンド・バングズ　▽『魔法界ショップリスト』

ダイアゴン横町　魔法界にある商店街。『魔法界ショップリスト』

タイムターナー（逆転時計）　時間を逆戻りさせることができる砂時計。一回ひっくり返すと一時間戻れる。

脱狼薬　トリカブト系の薬。満月の夜までの一週間この薬を服用した人狼は、満月の夜に変身してしまっても人間を傷つけることのない無害の狼でいられる。

炭酸入りキャンディ　舐めている間、地上から数センチ浮き上がるキャンディ。

チェイサー　クィディッチのポジション名。▽『クィディッチ入門』

縮み薬　緑色をした水薬。ヒキガエルに飲ませるとおたまじゃくしになる。

チャドリー・キャノンズ　ロンごひいきのクィディッチ・チーム。

チャリング・クロス通り　ナイト・バスがバンバン飛ばしていた通り。ロンドンに実存する。

忠誠の術　一人の生きた人の中に、隠しておきたい秘密を魔法で封じ込める術。

チューリップ畑を忍び足　バーノンおじさんが釘を打つときに鼻歌で歌っていた、せかせかした曲。

チョコレート　マグル界の物とは違うらしい。疲労回復などに絶大な効き目がある。

杖型甘草あめ　おそらく甘草（漢方薬の一種）を使用した杖型の

キャンディのようなものではないかと思われる。ホグワーツ特急車内販売で購入可。

ディメンター（吸魂鬼） 暗く穢れた場所にはびこり、平和や希望、幸福を周りの空気から吸い取ってしまう。彼らに近づきすぎると、どんな人間でも邪悪な魂の抜け殻となってしまう。

ディメンターのキス（吸魂鬼のくちづけ） 吸魂鬼の最終兵器。頭巾をはずし、狙った者の魂を一気に吸い取ってしまう。

糖蜜ヌガー ヌガーは柔らかくて甘いキャンディーのような食感のお菓子。ナッツなどが入っているものもある。

透明ブースター 車体が透明になる機能。アーサー・ウィーズリーが空飛ぶフォードアングリアに追加した機能。

透明マント 銀色で液体のような感触のマント。被ると姿が見えなくなる。

毒カタツムリ オレンジ色したカタツムリ。魔法動物ペットショップで購入可。

毒触手草 刺だらけの暗赤色の植物。

ドクター・フィリバスターの長々花火―火なしで火がつくヒヤヒヤ花火 赤や青の星がポーンポーンと跳ね回る。

毒ツルヘビ 皮はポリジュース薬の材料に使われる。

飛びはね毒キノコ 薬草学で使用した植物。

ドラゴン ▽『ハグリッドの幻獣小屋』

ドルーブル風船ガム リンドウ色の風船が何個も出てくる風船ガム。ハニーデュークスとホグワーツ特急車内販売で購入可。

トロール ▽『ハグリッドの幻獣小屋』

【な】……………

ナイト（夜の騎士）バス 迷子の魔法使いや魔女などを拾ってくれるお助けバス。望んだ場所に連れていってくれる。

流れ星（シューティング・スター） 箒の機種。▽『クィディッチ入門』

鍋屋 ▽『魔法界ショップリスト』

肉食ナメクジの駆除剤 畑などの野菜を食い荒らすナメクジを駆除する薬。夜の闇横町などで手に入る。

日刊予言者新聞 魔法界の新聞。

庭小人 ▽『ハグリッドの幻獣小屋』

ニワヤナギ ポリジュース薬の材料。

ニンバス2000 箒の機種。▽『クィディッチ入門』

ニンバス2001 箒の機種。▽『クィディッチ入門』

ネズミ栄養ドリンク 赤い瓶のネズミのための栄養ドリンク。

燃焼日 不死鳥が炎となって燃え上がり、灰の中から甦る日。

ノクターン（夜の闇）横町 闇の魔術に関する物ばかりを扱っている店が軒を連ねている薄暗い横町。▽『魔法界ショップリスト』

ノルウェー・リッジバック種 ドラゴンの種類。▽『ハグリッドの幻獣小屋』

呪われたネックレス　これまでに19人の持ち主のマグルの命を奪ったオパールの豪華なネックレス。

【は】……………………

パーセルマウス　蛇語を話す能力がある人。

パーセルタング　蛇語。パーセルマウス以外には、まったく理解することができない。

バーティー・ボッツの百味ビーンズ　チョコ味、ハッカ味、いわし味、芽キャベツ、カレー、レバー、草、鼻くそ、臓物など、とにかくなんでもありのビーンズの詰め合わせ。

バイコーン（二角獣）　▽『ハグリッドの幻獣小屋』

ハエ型ヌガー　スキャバーズの好物。

爆発ゲーム　ホグワーツ生に人気のゲーム。列車の中など狭い場所でも遊べる。

爆発ボンボン　口の中で破裂するようなお菓子ではないかと思われる。ハニーデュークスで購入可。

バジリスク　▽『ハグリッドの幻獣小屋』

バタービール　泡だった温かい飲み物。ノンアルコール。

ハッフルパフ　ホグワーツの寮の名前。▽『ホグワーツ魔法魔術学校入学案内』

パトローナス（守護霊）　希望、幸福、生きようとする意欲などプラスのエネルギー。

パトローナス・チャーム（守護霊の呪文）　守護霊を呼び出す魔法。一人前の魔法使いにも難しい高度な魔法。

花咲か豆　植物学の授業で使う植物。

ハナハッカ　▽『薬草ときのこ百種』に載っていた植物。

ハニーデュークス　▽『魔法界ショップリスト』

歯みがき糸楊枝ミント　変てこりんなお菓子らしい。ハニーデュークスで購入可。

バンシー　▽『ハグリッドの幻獣小屋』

バンパイア　▽『ハグリッドの幻獣小屋』

ビーター　クィディッチのポジション名。▽『クィディッチ入門』

ヒキガエル　魔法界のヒキガエルは巨大な紫色をしている。魔法動物ペットショップで購入可。

ヒキガエル型ペパーミント　胃の中で本物ソックリに飛び上がる。ハニーデュークスで購入可。

ピクシー小妖精　▽『ハグリッドの幻獣小屋』

灯消しライター　カチッと鳴らすだけで街灯をつけたり消したりすることができる銀のライター。

ヒッポグリフ　▽『ハグリッドの幻獣小屋』

秘密の部屋　サラザール・スリザリンが、いつか現れる自分の継承者のためにホグワーツに作った部屋。

秘密の守人　『忠誠の術』で秘密を封じ込めるために選ばれた人間。

ヒル　ポリジュース薬の材料となる。

ヒンキーパンク（おいでおいで妖精）　▽『ハグリッドの幻獣小屋』

ファイア・ボルト（炎の雷）　箒の機種。▽『クィディッチ入門』

ふくれ薬　身体にかけると、そこが風船のように膨らんでしまう薬。（反）ぺしゃんこ薬

ふくろう（O・W・L）　普通魔法レベル試験。15歳になったら受ける試験で、普通（O）魔法（W）レベル（L）の頭文字をとって『OWL（ふくろう）』と呼ばれている。

ふくろう通信販売　魔法界の通販。箒磨きセットなどの魔法グッズを買うことができる。

二叉イモリ　魔法動物ペットショップで購入可。

肥らせ魔法　植物などを大きく育てる魔法。

不死鳥　▽『ハグリッドの幻獣小屋』

武装解除の術　相手の杖を奪う魔法。

ブラッジャー　クィディッチで使うボール。▽『クィディッチ入門』

フリートウッズ社　『高級仕上げ箒柄磨き』を製造販売している会社。

プリベット通り　ここの四番地にダードリー一家とハリーの住む家がある。

フルーパウダー（煙突飛行粉）　この粉をかけた暖炉の炎の中に入り、行きたい場所を告げると、その場所に連れていってくれる。

ブルブル・マウス　歯がガチガチと鳴るお菓子。ハニーデュークスで購入可。

フローリアン・フォーテスキュー・アイスクリーム・パーラー　▽『魔法界ショップリスト』

フローリシュ・アンド・ブロッツ書店　▽『魔法界ショップリスト』

フロバーワーム（レタス食い虫）　▽『ハグリッドの幻獣小屋』

ぺしゃんこ薬　ふくれ薬などで膨れ上がってしまったものを元に戻す薬。（反）ふくれ薬

蛇舌　蛇語を話す人をこう呼ぶこともある。

ヘブリディーズ諸島ブラック種　ドラゴンの種類。▽『ハグリッドの幻獣小屋』

ベゾアール石　たいていの薬に対する解毒剤となる。山羊の胃から取り出す。

ペロペロ・キャンディ　吸血鬼用に血の味などがある。ハニーデュークスで購入可。

変身現代　魔法界の雑誌。中年男性向けの週刊誌ではないかと思われる。

ボア・コンストリクター　ブラジル産の大ニシキヘビ。ハリーが初めて会話したヘビでハリーのお陰でブラジルへと旅立った。

箒磨きセット　箒を磨くための道具のセット。

忘却術　相手の記憶を完全に消してしまう魔法。

望月鏡　月を観察できる望遠鏡。

吼えメール　差出人の怒鳴り声が百倍に拡声されて吼えまくる手紙。見た目は普通の赤い封筒。開かずに放っておくと、大変なことになるらしい。

ボージン・アンド・バークス　▽『魔法界ショップリスト』

ボガート（まね妖怪）　▽『ハグリッドの幻獣小屋』

ホグズミード村　イギリスで唯一の完全にマグルなしの村。

ボグゾール通り　T・M・リドルが日記帳を購入した新聞・雑誌店がある通り。イギリスに実存する『VAUXHALL（ヴォクソール）』のことではないかと思われる。

ホグワーツ魔法魔術学校　名門の魔法学校。▽『ホグワーツ魔法魔術学校入学案内』

ホッグズ・ヘッド　▽『魔法界ショップリスト』

炎凍結術　炎の中に入っても大丈夫になる魔法。熱ささえも感じることなく、柔らかくくすぐるような炎の感触を楽しむことができる。マグルの間で魔女裁判が盛んに行なわれていた14世紀に大流行した。

ポリジュース薬　自分以外の誰かに変身することができる薬。

【ま】……………………

マグノリア・クレセント通り　ハリーの家の近くにある通り。ハリーが初めてシリウス・ブラックに出会った場所。

マグル　魔法族ではない、魔法を使うことができない人たちのこと。

マグル製品不正使用取締局　▽『魔法界法律辞典』

マグル保護法　アーサー・ウィーズリーが作った法律。

魔女かぼちゃジュース　冷たいかぼちゃの飲み物。ホグワーツ特急車内販売で購入可。

魔女鍋スポンジケーキ　おそらく鍋型に入ったケーキ。ホグワーツ特急車内販売で購入可。

魔女の時間　魔法界のラジオ番組。

マダムマルキンの洋装店　▽『魔法界ショップリスト』

魔法警察庁　▽『魔法界法律辞典』

魔法惨事部　▽『魔法界法律辞典』

魔法事故巻き戻し局　▽『魔法界法律辞典』

魔法省　魔法界政府。▽『魔法界法律辞典』

魔法使いのソネット（十四行詩）　これを読んだ人は死ぬまでバカバカしい詩の口調でしかしゃべれなくなる。

魔法動物ペットショップ　▽『魔法界ショップリスト』

魔法不適正使用取締局　▽『魔法界法律辞典』

満月草　ポリジュース薬の材料。

マンティコア　▽『ハグリッドの幻獣小屋』

マンドレイク　姿形を変えられたり、呪いをかけられた人を元の姿に戻すのに使われる植物。根っこの部分が酷く醜い赤ん坊になっていて、その泣き声を聞くと死んでしまう。別名『マンドラゴラ』。

ミセス・ゴシゴシの魔法万能汚れ落とし　フィルチが壁の汚れを落とすために使っていた洗剤。

みぞの鏡　心の一番奥底にある一番強い『のぞみ』を映す鏡。「すつうを　みぞの　のろここ　のたなあ　くなはで　おか　のたなあ　はしたわ」。この文章は逆さまに書かれており、すなわち、「わたしは　あなたの　かお　ではなく　あなたの　こころの　のぞみを　うつす」と書かれている鏡。

魅惑の呪文　恋愛に関係する呪文らしい。フリットウィック先生が教えてくれる。

漏れ鍋　▽『魔法界ショップリスト』

【や】…………………

屋敷しもべ妖精　一つの屋敷、一つの家族に一生仕える妖精。魔法族の旧家などの大きな館や城などに住んでいる。

屋根裏お化け　魔法使いの家に住むお化け。パイプを叩いたり、うめいたりするうるさいお化け。

闇の魔術に対する防衛連盟　ロックハートが所属してたらしい。

郵便局　▽『魔法界ショップリスト』

有名魔法使いカード　蛙チョコのオマケについてくるカード。

雪男　▽『ハグリッドの幻獣小屋』

ユニコーン（一角獣）　▽『ハグリッドの幻獣小屋』

【ら】…………………

例のあの人　その名前を口にするだけでも恐ろしいため、多くの魔法使いはヴォルデモートのことを、このように呼んでいる。そのほかにも、「名前を呼んではいけないあの人」などという呼び方もしている。

レイブンクロー　ホグワーツの寮の名前。▽『ホグワーツ魔法魔術学校入学案内』

レールヴューホテル　バーノンおじさんがハリー宛の手紙から逃れるために泊まろうとした、コークワース州の大きな町外れにある陰気臭いホテル。

レッドキャップ（赤帽鬼）　▽『ハグリッドの幻獣小屋』

レモン・キャンディー　ダンブルドアの好物。ダンブルドアの部屋にはいるための合い言葉にもなっている。

ロックケーキ　石のように堅いお菓子。

【わ】…………………

ワーロック法　▽『魔法界法律辞典』

綿飴羽ペン　おそらく砂糖羽ペンと同じようなものだが、脆い。ハニーデュークスで購入可。

ワタリガラス　魔法動物ペットショップで購入可能の魔法動物。

第③章＝どこまでもハリー・ポッター

ハリーの通信簿

あんなに毎年いろんな事件が起きて、勉強するヒマなんて全くなさそうなハリーだが、今年もなんとか無事に3年生を終えることができたようだ。

はて、ハリーはいったいいつ勉強しているのだろうか。成績はどんなものなのか。我らのハリーがフレッドやジョージのように毎年落第ギリギリなんてことはないとは思うのだが、あれだけ忙しそうな毎日を送っているハリーを見ていると、ちょっと心配になってくる。

そこで、勝手ながらハリーの通信簿を作成してみた。ちなみに、日本流に5段階評価で、どうしてそうなったのか、各科目の先生はハリーにこんなことを思っているに違いないというようなコメントを添えてみたので参考にして欲しい。学生ハリーはどんなものなのか、魔法界の英雄〝生き残った少年ハリー〟の知られざる素顔が、今ここに明かされる。

【1学年　グリフィンドール　ハリー・ポッター】……………………

闇の魔術に対する防衛術［5］

クィレルがあんなことになってしまったので、わしが答えよう。ハリー、君はこの科目に関しては、本当に素晴らしい力を発揮してくれた。たとえ試験の点数が悪くても、賢者の石を守るという大役を勤め上げたのじゃからな。文句なく最高得点じゃよ。——アルバス・ダンブルドア

魔法史〔5〕

良く学んでいると思われます。このまま来年も頑張ることを望むのであります。——ビンズ

魔法薬学〔2〕

君は我輩が教えようとしている魔法薬調合の厳密な芸術を何一つ理解しておらん。

我輩としてはこんな高得点を与えることは不本意なのだが、我らが新しいスターポッター君は、ダンブルドア先生のお気に入りだからして、致し方なく2にしたということを忘れないことだな。——セブルス・スネイプ

薬草学〔4〕

あなたは、私が仕掛けた『悪魔の罠』を目の前にしても、とても冷静だったと聞いています。「暗闇と湿気を好む悪魔の罠」、私の授業をちゃんと聞いていたようですね。来年もその調子で続けてください。——スプラウト

呪文学（妖精の魔法）［4］

最初の頃は羽一枚も持ち上げられなくて苦労していたようですが、君のパイナップルはとても上手に踊っていたね。来年もその調子で頑張ることを期待するよ。――フリットウィック

変身術［4］

ハリー、あなたの嗅ぎタバコ入れは完璧ではなかったものの、1年間きちんと学んでいたことを伺い知ることができました。あなたは必ず立派な魔法使いになれると信じていますよ。来年からも身を引き締めて頑張ってください。――ミネルバ・マクゴナガル

天文学［4］

…………。――シニストラ

飛行訓練［5］

1年間で随分上達しました。素晴らしいシーカーになることを期待しています。――マダム・フーチ

【2学年　グリフィンドール　ハリー・ポッター】…………

闇の魔術に対する防衛術〔5〕

また、この科目の先生がいなくなてしまったのう。しかしハリー、君は今年もまた過酷な試練を乗り越えて、ホグワーツを守ってくれた。ほんとうに優秀な生徒じゃ。ジェームズも喜んでいることじゃろう。――アルバス・ダンブルドア

魔法史〔5〕

良く学んでいると思われます。このまま来年も頑張ることを望むのであります。――ビンズ

魔法薬学〔2〕

ポッター、君にとって我輩の授業などは、どうでもいいらしい。今年も君がこのホグワーツから消え失せることを期待していたのだが、どうやらダンブルドア先生にはまったくその気がないようなのでね。来年こそ期待して待つがいい。――セブルス・スネイプ

薬草学〔5〕

今年は非常に忙しい一年でした。私はそのお陰で授業どころではありませんでした。

来年は私の授業を邪魔する人間もいないでしょうから、じっくりと授業に専念できることでしょう。――スプラウト

呪文学（妖精の魔法）［4］

なんと、君たちがジニーを救出したと聞きました。呪文を唱えることにもだいぶ慣れてきたようだね。来年はもっと授業に専念できるよう、よき教師陣が集まることを祈るばかりです。

――フリットウィック

変身術［5］

あなたの働きには本当に毎回驚かされます。ただ、あまり無茶をすると取り返しのつかないことにもなりかねないので、もっと慎重に行動することも心掛けなさい。規則は守るためにあるのですよ。――ミネルバ・マクゴナガル

天文学［3］

…………。――シニストラ

飛行訓練［5］

あなたが箒の上で気を失ったときは本当にびっくりしました。それにしても、あなたが出場する試合は、いつも何か事件が起こりますね。気を引き締めて来年も頑張って下さい。――マダム・フーチ

【3学年　グリフィンドール　ハリー・ポッター】……………………

闇の魔術に対する防衛術［5］

ハリー、たった1年間だけだったけど、君に、ジェームズの息子に、教えることができたなんて嬉しかったよ。シリウスは本当にいい奴だ。きっと、いつか君の力になってくれるはずだよ。君と過ごせて本当に楽しかった。ありがとう。――リーマス・J・ルーピン

魔法史［5］

良く学んでいると思われます。このまま来年も頑張ることを望むのであります。――ビンズ

魔法薬学［2］

ポッター、君がブラックを逃がしたことは分かりきったこと。有名なハリー・ポッター様は何をしても許されると言うわけだ。しかし、我輩はそんなこと絶対に許さん。来年こそ、この神聖なるホグワーツから追放してくれる。――セブルス・スネイプ

薬草学［4］

今年は、邪魔が入ることもなく、授業に集中できましたね。試験も焼け付くような暑さの中、よく頑張りました。来年も余計な邪魔が入らないことを期待しましょう。――スプラウト

呪文学（妖精の魔法）［4］

『元気の出る呪文』は加減を間違えると、元気どころか相手を疲れさせてしまうこともあるのだよ。気をつけなさい。

それにしても、今年はよき教師陣に恵まれて本当によかった。――フリットウィック

変身術［5］

あぁ、ハリー、今年のあなたは本当に素晴らしい。クィディッチ優勝杯獲得という……じゃなくて、変身術というのは、えー何年ぶりの優勝杯……いえ、アニメーガスとは、スネイプ先生の顔ったら……あっ失礼、とにかく、あなたは素晴らしいシーカー……まぁ、私ったら……生徒です。――ミネルバ・マクゴナガル

天文学［3］

…………。――シニストラ

飛行訓練［5］

あなたの飛行技術は本当に毎年確実に成長しているようですね。それにしても、ファイア・ボルトは素晴らしい競技用箒です。特にあの細身のデザインが繰り出すスピード……是非、今

度わたしにも……あーじゃなくて、大事に使うんですよ。――マダム・フーチ

魔法生物飼育学〔5〕

いや、あー、ハリー、俺のためにいろいろ迷惑をかけちまったな。来年はもっとしゃんとせにゃ……。ダンブルドアにも、もうこれ以上世話はかけられねぇからな……。それにしてもビーキーは元気でやっておるかのぉ……。心配だ……。――ルビウス・ハグリッド

占い学〔2〕

あぁ坊や……あたくしには見えますのよ……あなたの不吉な……死の……おぉ……かわいそうな子。しかも、あなたにはそれを見通すことができないなんて……。でも、心配しないでよろしくてよ。

未来の響きは誰でも聞き取れるものではございませんのよ。――シビル・トレローニー

以上、完全に憶測や推測だが、ハリーの通信簿、いかがなものだろう。

それにしても、こうやってハリーの通信簿を作成してみると、ホグワーツの先生はスネイプ以外、かなり甘口というか心が広いという気がするが、これで大丈夫なのだろうか。2年生の

ときなんて、進級試験を行なっていないのだから、成績のつけようがないし……。

それに、ビンズ先生は生徒の名前さえ憶えていないし、スネイプは絶対にまともにハリーの成績を評価しようなんて考えていないし、かなり個人的感情で動いてる教師陣ばかりのような気もする。このままでは、いくら成績が良くてもハリーの将来に不安が……。まぁ、でもとりあえずダンブルドアがいる限りは大丈夫だろう。

最後に、シニストラ先生は、あまりにも登場してくれないので、何のコメントも作成できなかったことをご了承いただきたい。

ハリー・ポッター恋の行方

『ハリー・ポッター』シリーズは、ハリーの11歳から18歳までの7年間の学生生活をリアルに描いた、ハリーの成長物語である。

さて、最終巻で18歳ということは、この先ハリーが精神的に成長するために、危険な冒険や友情以外にもう一つ必要なものがある。それは恋愛だ。著者ローリング氏も、今はまだあどけない男の子のハリーにも、当然この先恋に目覚めるお年頃がやってくると断言している。

その言葉通り、第3巻ではその準備段階ともいえる、レイブンクローのチョウ・チャンを見て「とてもかわいいことに気づかないわけにはいかなかった」と、大好きなクィディッチそっちのけで、恋の予感を見せてくれたハリー（③P336）。

そう、それでこそ男、健全な青少年たるもの、恋愛のひとつもできなくてどうする！ということで、勝手ながら今後のハリーの恋愛模様を大予想してみる。

まずは、ハリーの恋愛を語る上で無視できないのが、第4巻での展開である。第3巻で見せたハリーの恋の予感は、第4巻で大きな動きを見せる。

そこで、第4巻でのハリーの恋模様、そのほかロンやハーマイオニーの恋愛事情をざっと説明したい。もちろん、第4巻の日本版はまだ出版されていないので、それまで楽しみに待っていたいという読者は、この先は読まずに次の章へワープすることをお勧めする。

まず第3巻でのハリーは、チョウ・チャンの眩しい笑顔にノックダウンされたものの、それが〝恋〟であることを自覚していない様子だった。それが第4巻では、しっかりと自覚したらしい。クリスマスパーティーのパートナーになってもらおうなんて、すっかり色気づくハリー。

その結果、精一杯がんばるのだが、紳士だし、クィディッチも上手いし、魔法界では英雄なんだけど、そのうえいい奴なんだけどね……この際だからはっきり言っちゃうが、フラれてしまう。

しかも、ハリーをフッたチョウ・チャンがパートナーに選んだのは、クールなイケメンと評判のハッフルパフのシーカー、セドリック・ディゴリー。この美男美女カップル誕生に、ハリーは「ものを蹴飛ばしたい気分」という荒くれた状態に……。

そんなハリーの横で、どうやらロンはハーマイオニーを気にしている様子。ところが、第3巻までの2人の様子からも想像がつくように、「好きです」「私もよ」なんて簡単にはいかない。

この2人、第1巻で最悪の出会いから始まっているだけに、ロンはなかなか素直になれないようだ。そのうえ、面食いで、かわいい女の子がいるとついうれしくなってしまい、それがそのまま態度に表れ、ハーマイオニーにあきれられたりしている。

そんなとき、ハーマイオニーがクィディッチのスーパースター、ヴィクター・クランに図書館で見初められるという大事件が勃発。遅ればせながら少々慌て気味のロン。それに対し、ハーマイオニーはというと、ハリーとロンのシリアスなケンカに心を痛めたり、屋敷しもべ解放運動をはじめたりそれどころではないといった感じ。もてる女は余裕なのか?

ということで、第4巻での展開はざっとこんなところだ。これらを踏まえた上で、今後の彼らの恋愛模様を予想してみよう。

まず、チョウ・チャンにフラれてしまったハリーだが、彼には熱烈ファンであるジニーがいる。15~16歳といえば、好きな人と一緒にいたいとかそんなことより、まずは彼女が欲しいはず。そうなると、手近なところでジニーが候補に上がってくる。とりあえず、この先これといってかわいい子が現れなかった場合には、ジニーが彼女になるのが濃厚。

もうひとりの候補としては、やはりハーマイオニーだろう。感極まると誰かれかまわず抱きつくクセがあるらしい彼女(①P420・③P379)。こんなことをされたら思春期の男子はたまったものではない。「〝好き〟なんて感情なんてものは後から付いてくるものだ」てなもんで、体が先に反応してしまう。

もちろんハリーも例外ではなく、抱きつかれたときはドギマギしていたので、そんなことがきっかけでハリーがハーマイオニーのことを好きだと自覚または錯覚してしまうことは大いにあり得るのだ。

また、この2人、第3巻では2人だけで叫びの屋敷へ向かったり（③P435）、シリウスを助け出したりと（③P519）、2人きりで行動することが多い。しかも、ただ一緒にいるだけではなく命に関わるようなスリリングな状況が多い。

このような状況におかれると、人間は恋に落ちやすいと言われている。命に関わるような危険な状況に陥ると、人は子孫を残そうという本能が働く。また、恐怖のあまり心臓がバクバクすると、そのバクバクを恋愛におけるバクバクだと勘違いし、その場にいる人間のことを好きだと思い込んでしまうともいわれている。

沈没船や墜落した飛行機などに乗り合わせた男女が、助かるかどうかわからない状態で「無事に帰れたら結婚しよう」なんて約束をして、見事に無事生還して結婚したものの、結局離婚したなんて事例は実際に何件か存在する。

これは別にお互いのことをよく知らなかったから失敗したわけではない。結局、窮地を脱したら、どうでもよくなってしまったのだ。

ということで、ハリーとハーマイオニーがくっつく可能性もかなり濃厚。ただし、おそらく第7巻で終了するであろうヴォルデモートに絡んだ冒険の日々、完璧な平和を取り戻すであろう魔法界、その後は、他の例と同じように別れちゃうかもしれないが……。

もちろん、これはロンも同じ条件が揃っているので、ロンのとハーマイオニーが付き合うというのも充分考えられる。現時点ではロンもまんざらではなさそうだし、こちらの方がハリーとハーマイオニーよりも可能性としては高いかも知れない。

では、肝心のハーマイオニーはというと、あれだけの知性がありながら、第2巻ではロックハートに夢中になるという意外なミーハーっぷりを発揮。となるとクィディッチのスーパースターというのは、ばっちりストライクゾーンのような気がするのだが……。

ただ、本が大好きで、規則を重んじ、趣味は勉強で、若干ヒステリー気味な部分もあるハーマイオニーのことなので、どんなスーパースターと付き合っても「なによ、頭からっぽじゃない」などと言って、すぐに幻滅して別れてしまう気がする。

しかも、このまま成長していけば、間違いなくキャリアウーマン。彼女の場合、30近くなって焦って変な男に引っかかるか、行かず後家になるかという心配がある。

となると、今のウチにロンを確保しておくことをお勧めしたい気がするのだが、どうだろう。

まぁ、どれにしろ、ハリーをはじめロンもハーマイオニーも間違いなく成長しているので、第5巻でさらなる展開が待っているのは確実だ。ただし、確かにハリーの恋模様は気になるし、誰かに夢中になったり、フラれたりなんていうハリーを拝めるのは楽しみでもあるのだが、間違ってもビバリーヒルズ青春白書のような何でもあり状態にだけはならないことを願いたい。

ポッター夫婦の秘密

ハリーの両親はすでに12年前に他界している。だが、この夫妻の秘密を解かないことには、ヴォルデモートの正体も、ハリーが襲われた理由も、明らかにはならないのではないだろうか。

そこで、これまで断片的に記されてきたハリーの両親についての情報を整理しつつ、その人物像を浮き上がらせてみよう。

ハリーの父親はジェームズ・ポッターという、ホグワーツ魔法魔術学校を卒業した魔法使いだ。在学中の彼は首席になるほど賢く優秀な魔法使いだったが、いわゆるガリ勉タイプではなく、ユーモアのセンスも持ち合わせていて、いたずらっ子たちの首謀者でもあり、先生の手を焼かせることに関しては天下一品だったという。

しかし、人格的に彼を悪くいう人間は少なく、皆から好かれる好青年だったのではないかと思われる。また、これは今後明らかになるのだが、ジェームズが所属していたのはハリーと同じグリフィンドール寮だ。

彼の両親については何も触れられていないが、おそらく魔法使いだったのではないかと思われる。ヴォルデモートが魔法界に大きく影を落としていたとき、最も力のあった家としてポッター家も数えられているのだが、当時のジェームズはハリーの年齢からして、まだ20代か30代だったのではないかと思われ、もしその年齢で有名になったとしたら『ポッター家』ではなく、『ジェームズ・ポッター』という呼び名で有名になる可能性のほうが高い。マグル出身の人間が有名になったのならば、なおさらである。『ポッター家』という家の名前よりも『ジェームズ・ポッター』という個人名の方が有名になるはずだ。

また、どこでどう入手したのか透明マントのような珍しいものまで所持している。これは金さえあれば手に入るというものではないらしい。もし金さえあれば手にはいるのならば、間違いなくマルフォイが手に入れているはずだ。なので、ポッター家に古くから伝わっているもので、ジェームズも自分の父親から受け継いだ物ではないかと考えられる。

ということで、ポッター家は古くから魔法界にある家で、ジェームズ・ポッターは魔法使いの家出身の純血魔法使いだったのではないかと思われる。

ハリーの母親はリリー・ポッターといい、ジェームズと同じ時代にホグワーツに在学していた魔女だ。彼女もまたホグワーツの首席で、ジェームズと同じグリフィンドールに所属、優秀な魔女だったという。

彼女の両親はマグルであり、彼女の姉ペチュニアもまたマグルである。両親は彼女が魔女であることを誇りに思っていたらしいが、これに対してペチュニアは面白くなかったらしく不満を漏らしていた（①P82）。なので、リリーはペチュニアに比べ、かなり両親に可愛がられて育ったのではないだろうか。

そうなると、ペチュニアのダドリーに対する異常な愛情にも納得できる。おそらく、自分が幼い頃可愛がられなかった、または可愛がられていないと思い込んでいたため、あのような異常な親バカになってしまったのではないだろうか。

さらに、ジェームズとリリーの容姿については、ハリーが『みぞの鏡』を覗いたときに明らかになった（①P303）。ジェームズは痩せ型で背が高く、くしゃくしゃの黒髪に眼鏡をかけていて、リリーは深みがかった赤い髪にハリーとそっくりな緑の目をしていた。

『みぞの鏡』は見た者の望むものを見せる鏡なので、これが本当にハリーの両親なのかは断定できないが、その後ハグリッドから両親の写真を貰ったときハリーが何も驚いていなかったことから、ほぼこの外見で間違いないのだろう。

さて、リリーはマグル出身なので、この2人が初めて出会ったのはホグワーツだったのだろう。年齢は不明なので、同級生だったかどうかも不明だが、同じ寮だったので顔を合わせることは多かったに違いない。なので、2人が結婚したことに対しては何の疑問もない。

まったくわからないのが、ホグワーツ卒業後の2人の進路である。ハリーにたくさんの財産を残していることから、ポッター家の経済状況は決して悪い方ではなかったはずだ。

そのため無職だったとは思えない。もし、ポッター家に莫大な財産があったとして、それをジェームズが相続していたとしても、これまでに明らかになっているジェームズの人物像からして、自分の両親の財産を食いつぶしながら生活していたとは思えない。

学校の成績は良かったのだし、誰もが優秀な魔法使いだったというのだから、何か仕事に就いたと思われるのだが、ただ、ハリーが死ぬ直前というのは、ヴォルデモートが猛威を振るっていたわけで、ポッター家は狙われていたのだから、かなり早い時期から逃亡生活を送っていた可能性もある。

ハリーが生き残った翌日、ダンブルドアが「この11年間、お祝いごとなんぞほとんどなかったのじゃから」と言っていたので（①P19）、もしヴォルデモートが魔法界に君臨したときから逃亡していたとしたら、ハリーが生まれる10年前からということになる。だとしたら、学校卒業直後から逃亡していたとしてもおかしくはない。

ここで疑問なのが、これだけ多くの人が優秀な魔法使いだと証言し、力のあるポッター家などと言われていたジェームズ・ポッターが、なぜ逃亡しなければならなかったのか。そして、なぜ滅ぼされなければならなかったのか。おそらく、当時ポッター家と同じように力のあったプルウェット家、ボーン家、マッキノン家という魔法族の家も滅ぼされているので、ヴォルデモートは自分の邪魔になりそうな家はすべて滅ぼそうとしていたのだろう（①P86）。

しかし、ヴォルデモート自身の証言によると、リリーは死ぬ必要はなかったらしい。つまり、ヴォルデモートが殺したかったのは、ジェームズ・ポッターとハリー・ポッターだったのだ。これは、おかしいではないか。

ヴォルデモートは何よりも純血を崇拝し、マグルを憎んでいたのだ。それならば、まず最初にリリー・ポッターを殺しそうなものである。それに、何の力もないハリーを殺そうとしていたというのも不思議な話だ。そうなると、謎の焦点はポッター家に当てられる。ヴォルデモートはポッター家の血を滅ぼしたかったと考えるのが妥当ではないだろうか。

では、ポッター家とは一体どんな家だったのか。

まず、最大の疑問はジェームズの両親である。彼の両親については、まったく触れられていない。ただ、ハリーが『みぞの鏡』を覗いたとき、ハリーは両親を含めハリーの面影を残した人物が10人くらいいるといっていた。おそらく、ここにジェームズの両親もいたのだろう。10人ということは、ハリーの曾祖父や曾祖母まで映っていたとすると、それだけで10人を越えてしまうので、おそらくジェームズとリリー、それから二人の両親、それ以外はポッターの兄妹かなんかではないかと思われる。

さて、この鏡はハリーの望みを映しただけであって、別に全員が故人であるとは言い切れない。そう、ジェームズの両親も、リリーの両親も生きている可能性があるのだ。

とりあえず、リリーの両親が生きていたならば、ハリーが生き残ったときにハリーを預ける家の候補に上がっていてもおかしくはない。また、もし生きていたとしたら、ペチュニアが真っ先にハリーを両親に押しつけているはずだ。なので、死んでいると考えるのが自然だろう。

対して、ジェームズの両親はというと、まず考えられるのがヴォルデモートに滅ぼされてしまったのではないかということ。ただ、もしヴォルデモートに滅ぼされたのだったら、周りの人間が両親の話をするときに、祖父や祖母についてハリーに話していても不思議ではない。しかし、周りの人間はジェームズの両親についてハリーにまったく話そうとはしない。ということは、やはりどこかで生きている可能性が濃厚だ。

では、生きているとしたら、現在どうしているのか。

ここで、一つの仮説を立ててみた。ヴォルデモートは、実はジェームズの父親なのではないだろうか。

ヴォルデモートはマグルを憎んでいながら、実は自分がマグルとのハーフである。父親がマグルなのだから、純血を崇拝し、たとえ父親の名前を捨てようとも、彼の中には間違いなくマグルの血が流れているのである。そうなると、彼が最も憎むべきもの、それは自分の中に流れる〝血〟ではないだろうか。そんな彼に、もし子供がいたとしたら……。

ヴォルデモートの目的は自分が闇の帝王になることである。そして、自分が永遠であり、穢れた血などは生きるに値しないものなのだ。そんな彼が、自分の中に流れるマグルの血を受け継いだ子供を生かしておくとは思えない。もし、自分の知らないところで、自分の血を受け継いだ子供が育ち、さらに孫までいたとしたら、彼は間違いなくこの自分の息子と孫を消そうとするのではないだろうか。

その昔ヴォルデモートの子供を身ごもった女がいた。そして、その女は子供を身ごもったままポッター家に嫁ぎ、そこでジェームズを生んだ。

彼女はジェームズが誰の子なのか誰にも告げることなくジェームズを育てる。それを知ったヴォルデモートはジェームズを殺そうと企てる。ジェームズの母親は彼を庇いヴォルデモートに殺されるなどして、ジェームズは初めて自分の身の上を知ることとなる。そこで、ジェームズは悩んだはずだ。

自分を殺そうとしている人間がいる、しかも、それが自分の父親。彼の性格からして、おそらくたとえ闇の世界の人間でも、自分の父親を躊躇《ちゅうちょ》無く殺すなんてことはできなかったはずだ。そこで、彼は妻を連れて逃亡することを決意。その後、ハリーが誕生。ジェームズを殺すために現れたヴォルデモートは、そこでハリーを発見。ハリーも殺そうとするのだが、リリーが彼を庇《かば》い、ハリーだけは殺すことができなかった。

これは、完全に憶測なのだが、これならば、ジェームズがヴォルデモートに手を出せなかった理由も、ハリーとヴォルデモートが不思議と似通っていることも、リリーは殺される必要がなかった理由も、これについてダンブルドアが沈黙を守っている理由も、説明がつくのではないだろうか。

ともあれ、『ハリー・ポッター』には児童書とは思えない、今後おどろきの真実が隠されていることだけは間違いない。これだけは思いっきり期待していていいだろう。

ヴォルデモートの正体

魔法使いや魔女達にとって名前を呼ぶことさえも恐ろしいとされている〝例のあの人〟ヴォルデモート。彼に関することは誰もが語りたがらず、第1巻～第3巻までで徐々に正体が明らかになってきてはいるものの、いまだ謎に満ちている。

そこで、今までの物語の中からヴォルデモートについての情報をまとめ、彼の人物像に迫ってみよう。

・本　名……トム・マールヴォロ・リドル
・生年月日……1926年×月×日（現在67歳）
・髪の色……黒
・家族構成……父親がマグルで、母親がサラザール・スリザリンの血を受け継ぐ魔女
・学　歴……ホグワーツ魔法魔術学校　スリザリン寮首席卒業
・特　技……パーセルタング（蛇語）
・好きな物……純血の魔法使い

・嫌いな物……穢れた血

・最終目標……純血の魔法使いで世界を征すること

※ヴォルデモートの生年月日については次の通り。

第2巻で、50年前16歳だった頃のヴォルデモートが登場。第2巻の時点で『ハリー・ポッター』世界は1992年なので、その50年前である1942年にヴォルデモートが16歳だったことが判明。よってヴォルデモートが生まれたのは1926年、第3巻1993年現在67歳であることがわかる。

ヴォルデモートの父親はマグルであり、彼の母親を「魔女だから」という理由で捨てた男だ。〝純血〟を絶対とするサラザール・スリザリンの末裔でありながら、マグルの血も流れている彼の複雑な心境は、どうやらマグルである父親を憎むことでバランスをとっているようである。許すことのできない父親への憎悪、味わったことのない母親からの愛、これは第4巻で明らかになるショッキングな事件の背景となるのだが、これがホグワーツ時代から心に秘めてきた世界を恐怖で支配しようとする彼の心の闇の根源なのではないだろうか。

さて、ヴォルデモートは多くの魔法使いの間で「名前をいってはいけないあの人」とか「例のあのひと」などと呼ばれている。

彼の本名はトム・マールボロ・リドル（Tom Marvolo Riddle）。彼の性であるRiddleとは、謎、難問、不思議な人・物、の意である。そしてこの名前をアナグラムにして自ら名乗ったのが『ヴォルデモート卿（Lord Voldemort）』だ。

この『VOLDEMORT』という名前、これだけでは特に意味はない。しかし、これを分解してみると、『VOL』＝Voltage（電圧）Volcano（火山）、『DEMORT』＝Demon（悪魔）Demolish（破壊する）というような意味が現れてくる。

ここで英語を深く理解している読者ならば、「おやっ?」と思うかもしれない。そう、これに対してハリーは、『雨雲』という意を持つニンバスや、『炎の雷』という意を持つファイアボルトという名の箒に乗っている。そして額には『稲妻』の形をした傷を持つ。この奇妙なつながりが、今後なんらかのキーワードになってくるような気がしてならない。

呪文は英語で「Spell」という。つまり〝言葉をつづる〟ということだ。

日本にも「言霊」という言葉が存在するが、おそらく〝言葉〟によって力を生み出す、魔法界にもそういった考え方があるのだろう。

そもそも名前そのものが「呪い」だという説がある。名前がそのモノの性質や属性を社会的に認知させ、その事実がさらに自己認知へ、そして自己を決定していく。つまり、人間は、名前という呪縛に囚われ、自分以外のものにはなれないということだ。

そう考えると『トム・マールヴォロ・リドル』のアナグラムである『ヴォルデモート卿』という名前は、彼が汚れた父親の名を完全に捨てきれなかった証拠であり、彼はいつまでも第2巻で登場した50年前の『トム・マールヴォロ・リドル』のままということになる。結局、50年経った現在も、彼はマグルの呪縛から逃れ切れてはいないのだ。

さて、そんなヴォルデモートの最大の謎といえば、彼とハリーの関係である。なぜヴォルデモートはポッター家を狙っていたのか。闇の魔法使い最強の男であり、数多くの召し使いや支持者を従えていたヴォルデモートが、なぜ生まれて間もない赤ん坊だったハリーに返り打ちにされてしまったのか。そして、なぜ未だ執拗にハリーを追いかけているのか。

これら多くの謎の鍵は、どうやらハリーの額に残された稲妻形の傷にありそうなのだが、何か知っていそうなダンブルドアも沈黙を守るばかり。

そこで、まことに勝手ながら、いくつかの仮説を立ててみようと思う。

【ハリー天才児説】……………

前章で述べたように、ハリーの父ジェームズは賢く優秀な魔法使いだったようである。しかも、正義感が強く勇敢で闇の魔法に屈するような人間ではなかったという。そのため、ヴォルデモートに煙たがられていたというのは充分考えられるのだが、それだけの理由ならばジェームズの親友であるシリウスやルーピンだって同じだったはずだ。

しかし、彼らが狙われていた様子はなく、ヴォルデモートは何がなんでもポッター家を滅ぼしたかったらしい。では、なぜヴォルデモートはポッター家を狙っていたのか。

シリウス達になくて、ポッター夫妻にあったもの、それはハリーの存在である。そこで、ヴォルデモートが殺したかったのはジェームズでも、リリーでもなく、ハリーだけだったのではないかと考えることができる。

ハリーが何百年に一度誕生するかしないかの超天才児だったとしたら。または、ヴォルデモート自身に未来を予測する闇の能力があり、将来自分の命を奪うかもしれない存在としてハリーを危険人物とみなしていたとしたら。

そこで、ヴォルデモートは自分の野望を阻止する魔法使いになるであろうハリーに呪いをかけた。しかし、まだ赤ん坊のハリーにはヴォルデモートが予測しないような力が備わっていた。それが、闇の魔法を奪い取るという力。

ハリーはヴォルデモートのパーセルタングなどの能力と共に、ヴォルデモートに備わっていた力の多くを奪い取ってしまった。そのため、ヴォルデモートは力を失い致命傷まで負ってしまったのではないだろうか。

【ハリーの両親生存説】

ハグリッドがハリーを連れ出す直前、ダンブルドアがジェームズとリリーを助け出していた可能性はないだろうか。ダンブルドアは、ヴォルデモートにジェームズとリリーが死んだと思わせるために秘かに2人を救出。生き残ったのがハリーだけであると見せかけるため、その後ハグリッドにハリーだけを救出させた。

ハリーが謎の傷跡を残したくらいなのだから、おそらくジェームズとリリーも痛手を負っていたはず。もしかしたらダンブルドアにも解けないような魔法がかけられていて意識不明ということも考えられる。そして、その魔法はヴォルデモートかハリーにしか解けない魔法であるため、ダンブルドアはハリーをマグルの中に潜り込ませ、秘かに大人になるのを待っていた。

もし、これが事実だとすると、厄介払いができる絶好のチャンスであるハリーのホグワーツ行きを何がなんでも止めようとしていたダーズリー夫妻の謎の行動にも説明がつく。ダーズリー夫妻は、ダンブルドアがジェームズとリリーを助けるため、そしてヴォルデモートを倒すため、ハリーを利用しようとしていると考えているのではないだろうか。

バーノンは魔法とは関わらずに生きてきたはずなのに「まぬけのきちがいじじい」とハリーがホグワーツに行く前からダンブルドアの存在を知っていたし（①P91）、ハリーの両親についても「間違いなく、妙ちくりんな変人だ」と会ったことがあるような口ぶりだった（①P87）。

ペチュニアは、ハリーの両親について「自業自得で吹っ飛んじまった」と明らかに自動車事故以外のことで死んだのを知っている様子だった（①P83）。

つまり、ダーズリー夫妻はジェームズたちが生きているのを知っていて、ヴォルデモートの問題は彼らが解決すべきものであり、幼いハリーには何も関係ない、安全なマグルの世界で育てたいと考えているのではないだろうか。

もしかしたら、客人がきた時に部屋に閉じ込めたり、どこかへ出かけるときには必ず誰かの家に預けたりというハリーイジメも、ヴォルデモートのような闇の魔法使いに居場所を突き止められないように、極力人目に触れないようにするためなのかもしれない。事実ダズリー家で過ごした10年間、ハリーは誰にも命を狙われることはなかったのだから。

【ヴォルデモートの孫説】

これは前章で述べたヴォルデモートがジェームズの父親でハリーの祖父だったとしたらという説。

若いころヴォルデモートはある女性と一夜を共にし、その女性が身ごもってしまった。マグル嫌いだったヴォルデモートは、もしかしたら多くのマグル女性を弄ぶなんてことを繰り返してきたのかもしれない。そのため、女が身ごもったことにも気づかず、何年かの時が過ぎてしまった。

そして、偶然にもジェームズを連れた女を発見。自分と同じ黒髪のジェームズに愕然《がくぜん》としたヴォルデモート。そこで、自分と同じマグルの穢れた血が流れているジェームズを消さなければならないと考えたのではないだろうか。

これなら、ヴォルデモートが〝ある女性〟と関係を持ったのが16歳以降だとすれば、第2巻で登場した50年前のヴォルデモートの記憶が、なぜ自分がハリーに力を奪われたのかの理由を知らなかったことも納得できる（②P464）。

また、前章で述べたように、ヴォルデモートの子供を身ごもった〝ある女性〟がポッター家に嫁いだとして、ポッター氏つまりジェームズの義理の父親が、それに気づいてジェームズに辛く当たっていた可能性は十分に考えられる。逆に〝ある女性〟の方が自分を捨てた男にだんだん似てくるジェームズに辛く当たっていたということもあり得る。

つまり、なぜジェームズがヴォルデモートに滅ぼされ、ハリーだけが助かったのかについても、ハリーは母親の愛を知っていたのに対し、ジェームズはヴォルデモートと同じ憎しみを抱いていたからではないかと説明することができるのだ。

以上、本当に勝手に推測しまくったのだが、いかがなものだろう。第4巻では、ハリーを取り巻く魔法使い達の過去もある程度解き明かされ、ヴォルデモートがついに復活する。どんな真相が待ち受けているのか、楽しみでならない。

魔法使いを捜せ

ナイト・バスが発車時にあげる爆音が、どうしてマグルには聞こえないのかと尋ねるハリーに対して、ナイト・バスの車掌スタン・シャンパイクは次のように答えている。「ちゃーんと聞いてねえのさ。ちゃーんと見てもいねえ。なーんも、ひとーっつも気づかねえ」（③P49）。

なんとも意味深な言葉である。

きっと、スタンが関わってきたマグルたちは、みんなダーズリー一家のような人間ばかりだったのだろう。たとえ目の前で人間が猫に変身するようなことがあっても、どこかに仕掛けがあるはずだ、自分の目の錯覚だ、寝ぼけていたのかもしれない、などといって魔法なんか絶対に信じない。

そう、多くのマグルは自分たちの頭で理解できないことが起こると、どうにかして理解しようと考える。科学的根拠を探そうとする。「魔法です」なんて言われたところで、納得なんてできない。それは別に悪いことではない。

理解できないことを、理解しようとしてきたからこそ、様々な技術が発達し、現在我々は便利な生活を送ることができるのである。

電灯、電話、自動車、飛行機、テレビ、パソコン……。魔法が使えなくても、マグルたちはより快適で、より便利な生活を送るために、いろいろなものを発明してきた。ほんの一昔前まで「空を飛べたらいいのに」と願っていたマグルたちは、飛行船を作り、飛行機を作り、今ではどこでも好きなところへ飛んでいくことができる。

そして、とうとう宇宙旅行までできるようになり、多くのマグルたちは魔法なんか使えなくても何でもできると思ってしまったのではないだろうか。そうなると、もう魔法なんて胡散《うさん》臭いだけの存在で、自分が理解できる範囲のものしか信じられない。たとえ、「僕は魔法使いです」と主張する人間が現れて、それが本当に魔法使いだったとしても、信じきることができないのである。

だから、ヴォルデモートが力を失い姿を消した日、多くの魔法使いや魔女たちがマントに身を包んだまま浮かれて街中で祝杯をあげていても、バーノンのように「最近のバカげた流行」くらいにしか思えないのだ。

きっとスタンは、そんな真実を見抜くこともできないマグルたちを軽蔑して、あんなことを言ったのだろう。

ということは、もっと注意深く周りを観察していれば、もしかしたら魔法使いを見つけることができるのかもしれない、ってなわけで捜してみましょう魔法使い！

まず、彼らの住んでいる場所はどこなのか。

ハリーが一番最初に足を踏み入れた魔法界はダイアゴン横町だった。どこにあるのかというと、ロンドンの街中にある『漏れ鍋』というパブの中庭、そこの壁のレンガを杖で三度叩くと、その入口が開かれる。アーチ型の入口を通り抜けると、そこは魔法使いのための空間で、魔法使いがウジャウジャといるのである。

また、多くの魔法使いが生活している場所といえばホグワーツ。

ホグワーツはスコットランドの山中に存在する。創設者であるゴドリック・グリフィンドール、ヘルガ・ハッフルパフ、ロウェナ・レイブンクロー、サラザール・スリザリンの4人が、詮索好きのマグルたちから逃れるために選んだ場所なので、かなりの山奥ではないかと思われる。

それから、マグルのいない魔法だけのホグズミードという村。ここも、ホグワーツから歩いて行ける距離にあるので、スコットランド山中にあるのだろう。

さらに、ウィーズリー一家が住む家は、オッタリー・セント・キャッチポールというマグルが住む村のはずれにあった。

ほかにも、ジェームズ・ポッターとリリー・ポッターが赤ん坊のハリーと一緒に暮らしていたと思われるゴドリックの谷や、闇の魔術に関する物しか扱っていない夜の闇横町など、魔法使いが暮らしている場所はいくつか存在する。

さて、これら魔法使いが出没する場所、大きく2つの種類に分けることができる。

ひとつはダイアゴン横町や夜の闇横町。ダイアゴン横町の入口はロンドンにある。しかし、あんなに魔法使いだらけの場所がロンドンの街中に普通に存在しているとは考えにくい。では、どんな風に存在しているのか。

おそらく、マグルが入り込むことのできない異空間のようなものが存在しているのではないだろうか。

アーサー・ウィーズリーは車のトランクに荷物が沢山はいるように、その空間を広げるという魔法をかけていた（②P99）。きっと、これに似た空間を自由に操ることができるような魔法があるのだろう。つまり、ダイアゴン横町はマグルがどんなに捜しても、絶対に見つからない場所なのだ。

それとは逆に、ホグワーツやウィーズリー一家の家などは、マグルの世界に普通に存在している。マグルが住んでいるところから遠く離れているというだけで、特別な空間ではないので、マグルでも見つけようと思えば見つけられるような場所だ。

では、どうやって見つければいいのか。

まずホグワーツは、スコットランド山中に普通に存在しているのだから、とにかく行ってみれば見つかりそうな気がする。

しかし、ホグワーツに行くためには、ホグワーツから一番近い駅ホグズミードまではマグルには見えないホグワーツ特急に乗らなければならないし、ホグズミード駅からも、ボートに乗って湖を渡ったり、魔法の馬車に乗ったりと、魔法なしで行くにはかなり不便なところにあるらしい。

では、空からならばどうだろう。

『空飛ぶフォード・アングリア』で空からホグワーツに向かったハリーとロンは、崖の上にそびえ立つホグワーツを確認している（②P108）。どうやら意外と簡単に発見できる場所に建っているらしい。

ただホグワーツの城を守っているのは城壁だけではない。ハーマイオニーが読んでいた『ホグワーツの歴史』によると、誰も侵入できないように、あらゆる呪文がかけられているという（③P214）。ということは、空間を自由に操ることができる魔法があるくらいなら、何かマグルにだけは見えないような魔法がかけてあっても不思議ではない。

また、第3巻ではマグルの首相が魔法界の存在を知っていたことが発覚（③P51）。しかも、魔法界の脱獄犯を捕まえるために、マグルのニュースに容疑者の写真を出してマグルに注意を呼びかけたり、容疑者の正体を誰にも明かさないという約束を魔法省のファッジ大臣と交わしたりと、魔法使いに対して好意的だった。

ということは、ホグワーツの上空などは国によって定められた飛行禁止区域などになっている可能性もある。

どうやらホグワーツは、さすがグリンゴッツと並び世界一安全と言われているだけあって、その存在を発見するのは困難らしい。

では、ウィーズリー家のような魔法使い個人の家ならばどうだろう。

マグルから見えないように木に囲まれた丘の上でクィディッチの練習をしていたくらいなのだから（②P69）、本当にマグルの村が近くにあるのだろう。では、なぜ彼らはマグルに見つからないのか。

おそらく、村に住むマグルたちはウィーズリー家の存在は知っているはずである。ただ、胡散臭くて近寄れないだけなのではないだろうか。

ウィーズリー家は、大きな石造りの豚小屋のような建物に、建て増しに建て増しを重ね、数階建ての曲がりくねった、ハリーに魔法で支えているに違いないと思わせてしまうような妖しい家である。しかも、入口の所には『隠れ穴』という看板が立てられ、錆びた大鍋が転がっている（②P49）。見るからに胡散臭い人間が住んでいそうなのだ。

そのうえ、ウィーズリー家の人たちは電話の使い方を知らなかったり（②P64）、10ポンド紙幣やマグルの列車を見て興奮したりと（②P86・③P94）、マグルに疎《うと》い一家である。ここまでマグルのことについて知らないということは、彼らが村に足を踏み入れることもないのだろう。

つまり、ウィーズリー家は〝どんな人間が住んでいるのか全く検討もつかない妖しい家〟であって、村人たちの間では近づいてはいけない場所となっているのではないだろうか。きっと村ではウィーズリー家について、偏屈な発明家が住んでいるとか、落ちぶれた化学者が危険な実験を繰り返しているのではないかとか、売れないマンガ家が住み着いているのではないかなどと噂されているに違いない。

つまり、幽霊が出るという噂の屋敷や、何十年も空き家のまま放置されている家など、どこの町にも一軒はある妖しい家、そして、そこに住む一度も見たことがない住人、この人間たちがもしかしたら魔法使いなのかも知れないのだ。

4巻ではイギリス以外に住む魔法使いが多数登場するが、どうやら日本にも魔法使いは存在するらしい。我々は、スタンの言うとおり「ちゃーんと聞いてねえのさ。ちゃーんと見てもいねえ。なーんも、ひとーっつも気づかねえ」だけで、もしかしたら今、目の前を通り過ぎた人が魔法使いなのかもしれない。

ハグリッドの幻獣小屋

ここでは、『ハリー・ポッター』に登場する幻獣を紹介したいと思うのだが、やはり幻獣と言えばハグリッドである。そこで、読者のみなさんにも、ちょっぴりホグワーツ生の気分を味わって貰うために、このたび晴れて魔法生物飼育学の教授となったハグリッドに、いろいろな幻獣について説明して頂こう。

では、ハグリッド教授、お願いします。

あー、俺がルビウス・ハグリッドだ。マグルに教えるっちゅうのは初めてのことでな、緊張しとるんだが……まあ、聞いちょくれや。

【ドラゴン】…………

んー、こいつらは、マグル界ではヨーロッパに伝わる空想上の動物とか言われちょるらしいな。悪の象徴とか、泉や女性を守るとかいろいろ言われとるが、俺はこんなかわいい動物は他におらんと思っとる。

翼や牙を持ち、火を噴く動物なんだが、ウェールズ・グリーン普通種、ヘブリディーズ諸島ブラック種とかの種類があって、俺はノルウェー・リッジバック種っちゅう珍しいやつを孵化《ふか》させたことがある。孵化させるためには母親が炎を吹きかけているのと同じ状態にせにゃいかんくて、長い時間火の中に置いとかないといかん。それから、孵《かえ》ったあとはブランデーと鶏の血を混ぜた物を30分おきにあげるんだ。大変だが、これが可愛くてなぁ。

皮や心臓、血液、肝臓、角なんかは強力な魔力を持っておってな。薬や杖の芯に使ったりするんだ。

【小　鬼】…………………………

マグルの世界でもヨーロッパの民話などに出てくるから、知っとるかもしれんが、子供みたいにちっこいやつらだ。こいつらは、グリンゴッツにうろうろおってな、確かにあそこは世界一安全な銀行なんだが、まぁ、なんだ、融通の利かない奴らだ。浅黒い賢そうな顔つきに、先の尖ったあごひげ、長い手足、なにより、あいつらが操るトロッコには我慢がならん。

【ユニコーン（一角獣）】…………………………

旧約聖書に、現在では野生の牛と訳されているレーム（一角獣）っちゅう言葉があってな、それが誤訳を重ねていくうちに一角獣という恐ろしい動物に成長していったという説があるらしい。だから、一角獣は凶暴で気性の荒い動物だと信じているマグルが多いようだが、実際は違う。確かに、強い魔力を持っとる生き物なんだが、純粋で無害な生き物だ。

その血は命を長らえることができると言われとるが、簡単に捕まえられるもんじゃないし、その血で授かった命は、完全な命にはならん。呪われた命を生きることになるんだ。だから、ユニコーンを殺すなんて愚かなことなんだ。

ただ、たてがみや尾の毛、角なんかは、殺さなくても採れるからな、杖の芯や魔法薬の調合に使ったりするんで、俺たち魔法使いには欠かせん生き物なんだ。

【不死鳥】…………

マグル界に伝わってるとかいうエジプト神話っちゅやつに出てくる霊鳥だ。500年ごとに焼け死に、その灰の中から生き返ってくるって伝わっとるんだっけかな。

その通り、不死鳥には『燃焼日』というのがあってな、死ぬときが来ると自ら燃え上がり、灰の中から甦る。普段は金と赤の羽を持っとって美しい鳥なんだが、死ぬ前と甦った直後だけは醜い生き物だ。驚くほど重い荷を運ぶことができてな、その涙には癒しの力がある。尾の羽なんかは杖の芯なんかにも使われとるな。

【三頭犬】……………

頭が三つある巨大な犬で、みんな『怪物犬』なんて読んだりしとるが、なんてことはない。扱い方さえ知っておれば、誰でも簡単に扱うことができる可愛い奴だ。ちーっと音楽を聴かせちまえば、すぐに眠っちまう。フラッフィーなんかは、ほんとにおとなしい可愛い奴なんだがなあ……。

【トロール】……………

こいつはマグル界でも結構有名らしくて、ムーミンとかいうやつのモデルになった動物らしいな。岩のようなゴツゴツした巨体の上に、小さなハゲた頭が乗っとってな、全長は4メートルくらいあるんかなあ。木の幹のように太くて短い脚、コブだらけの平たい足、腕は異常に長くって巨大な棍棒を持っとるんだが、まあ、子供らだけで扱うにはちーっと危険な生き物かもしれんな。

【狼　男】……………

狼人間とか人狼ともいうんだが、まあ、だいたいマグルの想像しとる通りのもんだ。満月の夜になると狼に変身して、人間なんかに襲いかかるっちゅう恐ろしいやつよ。でもな、最近開発されたトリカブト系の脱狼薬を飲ませると、変身しても人間を襲うっちゅうことはなくなるらしい。でも、まあ、危険なことは危険なんだな。あいつらは俺たち魔法使いにも手に負えない部分が大きいんでな。

【ケンタウルス】……………………

これもギリシア神話っちゅうやつに出てくるんだってな。こいつらは、禁じられた森にも住んでるんで、別に珍しい生き物でもないんだが、胴は馬、腰から上は人間の姿をしとるもんで、初めて見たやつは驚くみてえだな。

必要なときには姿を現してくれるっちゅう親切さはあるんだがな、星ばかり眺めていて、月より近くの物になーんの興味も持っとらん。いまいましい夢想家よ。いろんなことを知っているんだが、あんまり教えてくれんのだ。

【吸血鬼（バンパイア）】……………………

夜中に寝ている人間の血を吸うとか、ニンニクを嫌うとか伝えられている生き物だ。ロックハート先生は、これを退治したとか言っとったがなあ……、信用できんよな。

【庭小人】……………

こいつらは、じゃがいもみたいにゴツゴツした頭をしとる小人だ。これといって危険な生き物じゃあないんだが、魔法使いの家の庭なんかに巣を作りおって、捕まえようとすると堅い手足をばたつかせて暴れる。

追っ払っても追っ払っても帰ってきちまうんでな、困ったもんなんだが、あんまり害もないんでな、アーサーなんかはおもしろがっとるよ。

【バジリスク】……………

マグルのあいだでは、八本足の蛇とか、四本足の鳥とかいう説もあるっちゅう話だが、実際は巨大な蛇の姿をしておる。俺は実際に会ったことはないんだがな、ハリーが言っとったぞ。鮮緑色のテラテラした巨大な蛇で、胴は巨大な樫の木のように太くってな、毒牙はサーベルみてえに長く鋭いんだそうだ。

『毒蛇の王』と呼ばれる大蛇でな、何百年も生きることができる。毒牙以外にも、その視線だけで人間を死に至らしめることができるっちゅう恐ろしいやつだ。鶏の卵から生まれ、ヒキガエルの腹で孵化するんだが、蜘蛛の天敵でな、アラゴグも本当に怯えとったよ。

【バンシー】……………………

スコットランドの方に住んでるマグルにはわりと知られちょるらしいんだが、床まで届くほどの黒い長髪の女でな、骸骨《がいこつ》のような緑色がかった顔をしておる。こいつも、ロックハート先生は退治したとか言っとったが、どうだか……。

【雪　男】……………………

ヒマラヤ山中に住んでおると言われとる正体不明の生き物なんだが、全身が毛で覆われているとも言われちょる。ロックハート先生は本当に会ったことがあるんだか……。あいつがヒマラヤに行なったっていうことだけでも、信じられんよ。

【ピクシー小妖精】……………………

コンウォール地方に住む妖精でな、身の丈は20センチくらいで群青色をしている。見た目は、そんなに危険な感じはせんのだが、暴れると手に負えんので、なめてかからんことだ。

【ヒンキーパンク】……………………

日本では『おいでおいで妖精』と呼ばれとるらしいな。一本足で鬼火のように幽かな生き物なんだが、旅人を迷わせて沼地に誘うという悪さをするんでな、気をつけるに越したことはないだろう。

【サラマンダー（火トカゲ）】……………

マグルたちの中には、こいつを邪悪なものだとか悪魔の象徴とか思っとるやつもいるらしいが、とんでもない。特別、危険な生き物っちゅうことはない。火の中に住んどって、燃えるようなオレンジ色をしたトカゲでな、子供らだけでも簡単に扱うことのできる生き物だ。

【ヒッポグリフ】……………

こいつは、本当に美しい生き物なんだ。胴体、後脚、尻尾は馬、前脚と羽、頭部は巨大な鳥のような形をしておる半鳥半馬の生き物でな、羽から毛へと変化する色とりどりの輝くような毛並みが、それはもうきれいなんだ。鋼色の嘴《くちばし》や、ギラギラとしたオレンジ色の目も、鷲のように凛々《りり》しい。

ただ、こいつは誇り高い生き物なんでな、絶対にバカにしちゃなんねえ。前足の鉤爪は15センチくらいあって、殺傷力もある。襲われたら大怪我をするからな、絶対侮辱してはなんねえぞ。でも、ちゃーんと扱ってやれば、なんの危険もねえ。バックビークは本当に可愛かっただろう？　なあ。

【マンティコア】…………………………

こいつはヨーロッパのマグルの間では有名らしいな。人を食う凶暴な生き物として伝えられれちょるって話だが、確かに、頭は人間、胴はライオン、尾はサソリの形をしておる危険な生き物だ。こいつは魔法使いでも手がつけられん。ハーマイオニーが言っておったが、1296年だか96年だかにこいつの裁判があってな、誰もそばに近寄ることができんくて、無罪放免になっちまったそうだ。

【フロバーワーム】…………………………

こいつは草食だからな、誰にでも扱える簡単な生き物だ。とにかく、レタスだけを与えておけば安心なんだ。ただ、食わせすぎっちゅうのはよくないぞ。ほどほどに、ほどほどにだぞ。

【ボガード】…………………………

これを見たもんが一番怖いと思うもんに姿を変えるっちゅう妖怪だ。だから、人によって、その姿は違うっちゅうことだな。だがな、こいつを退治するのは案外簡単だ。おもしろいことを思い浮かべればええ。そんだけだ。ただ、自分が一番恐れているものに姿を変えちまうんだから、やっかいな生き物なんは確かだな。

【レッドキャップ】……………

こいつは、血の匂いのするところに住んどる生き物だな。姿は小鬼に似ちょるんだが、道に迷っちまった者を待ち伏せとって、棍棒で殴ってくる。性悪な生き物だ。

【グリンデロー】……………

こいつは水の中に住んどる生き物で、見た目は鋭い角を生やしていて緑色で気味が悪い。長い指が特徴でな、こいつが強力なんだ。ただ、たとえこの長い指で締められても、意外と脆いからな、なーんも心配はいらん。簡単な生き物だよ。

【河　童】……………

日本では多くの民話や昔話に登場するっちゅう有名な動物らしいな。水ん中に住んどる生き物で、頭のてっぺんには皿があって、腹や背に甲羅があるとか言われとるが、俺もまだ見たことがないのでな、なんとも言えん。鱗のあるサルのような格好をしとって、手には水かきがあるとも言われとるな。

水辺を通りかかった人間を水中に引きずり込むとか、絞め殺したりするとか言われちょるが、それだけで危険かどうか判断するのはなあ……。会ってみたら可愛いかもしれんもんな。一度、会ってみたいとは思っとるんだ。

とー、こんなもんかなあ？　俺の授業はホグワーツの生徒たちも面白くないって思っとるからなあ。不安なんだが……。でも、ちーっとでも興味を持ってくれたんなら嬉しいのう。今度、ホグワーツに来るようなことがあったら、もっとちゃーんと説明してやるから、楽しみにしとってくれや。じゃあ、またな。

さて、ハグリッドの講義はいかがなものだっただろうか。とにかく、この人は動物が好きで仕方がないらしい。

ところで、ハグリッドはなぜこんなにも動物が大好きなのか。その答えは意外にもハグリッドの言葉遣いに隠されていたのだ。

ハグリッドが原書ではどのような言葉を使っているのかというと、彼の話す言葉はスコットランドなまりなのである。そして、そのスコットランドには、たくさんの幻獣や妖精が登場するケルト神話というものが残っている。

ケルト神話というのは、スコットランドのほか、ウェールズやコーンウォールなどに住むケルト民族の間で語り継がれてきた神話なのだが、今でもそれらの地方にはいろんな幻獣が住んでいると伝えられている。

そして、どうやらハグリッドにはケルト民族の血が流れているらしいのだ。

ケルト民族というのは、どこかイギリス人とは違う空気を持っていて、感情表現が豊かな民族である。イギリス文化は、特に上流階級では自分の気持ちを表に出すことを良いこととはしない傾向にあり、日本人もこれに近いのだが、どちらかというと、感情を押し殺すことが良いとされる文化である。

それとは逆に、ケルト民族は感情表現が豊かで、なぜか酒好きが多い。つまり、パブが大好きで感激屋のハグリッドは、まさにケルト民族なのである。

多くの幻獣伝説が残るスコットランドで生まれ育ち、ケルト神話を伝え続けてきたケルト民族の血が流れるハグリッドは、きっと子供の頃から多くの幻獣たちと触れ合いながら育ってきたに違いない。もしかしたら、ハグリッドが育った場所では、ドラゴンなんかも珍しい生き物ではなかったのかもしれない。

だからこそハグリッドはどんな動物でも可愛がってしまうのである。

ハリー・ポッター公開オーディション

『ハリー・ポッター』には、魔法使いやマグルなどの名前以外にも、学校に住むゴーストや、登場人物たちが飼っているペットの名前など、とにかくいろんな名前が数多く登場する。しかも、ただでさえ登場人物が多いというのに、ストーリーに直接関係ない人物も、きっちりとフルネームで登場したりするのだからややこしい。

たまに、カタカナの名前がたくさん出てきて誰が誰だかわからなくなるから海外の小説は読まないなんて人がいるが、『ハリー・ポッター』はそんな人たちに一番勧めてはいけない本かも知れない。

なんたって、『ハリー・ポッター』第３巻までで登場した名前は、主要登場人物以外に、ホグワーツに在籍している生徒の名前、ホグワーツの教師陣の名前、作中に登場する教科書の著者名、ショップの店員などなど、その総数１８７もあるのだ。

さて、これだけ多くの名前が次から次へと出てくると、いちいち覚えていられない。まぁ、直接ストーリーに絡まない名前ならば、覚える必要もないのだが……と思っていたら甘かった。

第1巻で『賢者の石』に関係していた重要人物ニコラス・フラメル。聞き覚えがあるのに、どこで聞いたのか思い出すことができないハリーと共に、「え？　どこで聞いたのよ？」と一緒になって悩んでしまった人も多いはず。

また、第3巻で登場したシリウス・ブラック。彼はハリーの名付け親という重要な人物なのだが、その彼がすでに1巻で登場していたことをご存じだろうか。

1巻『ハリー・ポッターと賢者の石』の26ページで、ハグリッドが「ブラック家のシリウスっちゅう若者」とハッキリ言っているのである。

しかも、ニコラスもシリウスも、これから重要な人物として登場しそうな気配はどこにもなく、ただ名前だけがサラリと登場していたのだ。

ということは、もしかしたら、これから登場するであろう重要人物が、すでにどこかに登場している可能性もあるということである。となると、ストーリーに直接関係ないからといって、黙って見逃しておくわけにはいかないだろう。

そこで、これまでに登場した１８７の名前から、これから大活躍するかもしれない、なんだか気になる人物を捜してみよう。

【アグリッパとプトレマイオス】……………

蛙チョコレートのカードを集めているロンが、彼ら2人のカードだけがまだ集まらないと嘆いていた。

彼らの登場回数はこの1回だけ（①P154）。しかも名前のみ。そのため、その容姿や職業などはまったくわからないが、蛙チョコのカードになるくらいなので、魔法界ではかなりの有名人なのだろう。しかも、ロンの様子からして悪人ではなさそうなので、今後ハリーの強力な味方として登場する可能性が高い。

【グリンデルバルド】……………

1945年にダンブルドアに倒されたという闇の魔法使い。蛙チョコについているダンブルドアのカードの裏に記されていた名前。

彼の登場回数はハリーがダンブルドアのカードを見たときの2回のみである（①P154・P319）。しかも、ストーリー的に重要だったのは、そこに記されていたニコラス・フラメルであり、グリンデルバルドについては誰も何のコメントもなし。

しかし、よく考えると闇の帝王ヴォルデモートよりも強いと言われているダンブルドアに倒されなければならなかった闇の魔法使いということは、かなりの強者。しかも、そのカードには「グリンデルバルドを破った」と書いてあるだけで、「殺した」とは一言も書いていない。ということは、この先ヴォルデモートに絡んで登場してくる可能性大。

そもそも、ヴォルデモートだって今現在〝生きている〟状態ではないのだから、過去に倒した魔法使いでも、今後登場することは十分に考えられるのだ。

【ディーダラス・ディグル】…………

彼の名前が登場したシーンは2回。1回目はマクゴナガルのセリフの中（①P18）。マクゴナガルはケント州に流星群を降らせた犯人を、彼ではないかと疑っていた。

2回目は、ハリーが初めて漏れ鍋を訪れたとき（①P106）。ハリーに握手を求めてきた魔法使いの一人が彼だった。

また、名前は登場しなかったものの、この2回目の登場のときに、自分が魔法使いだとは知らなかった頃のハリーが街で出会ったことのある奇妙な人々の一人が彼だったことが発覚しているので（①P48）、彼が関わったシーンは全部で3回ということになる。

彼の注目すべき点は、今のところストーリーとは何の関係もないのに、やけに詳しく描かれているということだろう。小柄でスミレ色の三角帽子をかぶっていて、マクゴナガル曰く「いつだって軽はずみ」である彼。ハリーに対してはとても好意的で、ハリーが自分と以前会ったことを覚えていたことに、かなり感激している様子だった。

しかし、もし彼が今後再び登場するとしてハリーの味方である可能性はかなり低い。ローリング氏が登場させる名前には、いくつかの傾向がある。例えば、パトリック・デレニー・ポドモア卿、パンジィー・パーキンソン、ピアーズ・ポルキス、ピーター・ペティグリューなどの名前。彼らの共通点はイニシャルが『P・P』で、全員ハリーに好意的ではない人たちだ。

全部が全部そうではないが、ローリング氏は、響き的に意地悪そうに聞こえたり、威厳ある感じだったりという名前を登場人物にうまくつけることによって、キャラクターの人格を的確に表しているようだ。

そして、ディグルと同じ『D』が頭文字の登場人物には、ハリーをいじめるダーズリー親子、ダーズリー家の長男ダドリー、ダドリーと共にハリーをいじめていたデニス、クィディッチのスリザリン・チームのデリック、そしてハリーのことを心底嫌っているドラコ・マルフォイなどがいる。どうやら『D』から始まる登場人物もハリーに好意的ではない人間が多いようだ。

ということで、ディーダラス・ディグルは今後悪役として登場するかも知れない要注意人物なのだ。

【ドリス・クロックフォード】…………

彼は、漏れ鍋でディグルの前にハリーと握手していた魔法使いだ（①P106）。登場回数は、その1回のみ。

彼もまたディグルと同様、かなりハリーに好意的だったが、その頭文字は『D』である。なので、もし今後登場することがあったとしても、ハリーの味方として登場する可能性はかなり低い。

しかも、ドリスとディグルがハリーに握手を求めたとき、同じようにハリーに握手を求めた人物の中に、あのハリーを陥れようとしていたクィレルがいたのである。このとき、クィレルと接触していた可能性もあるのだ。

ということで、彼もまた要注意人物なのである。

【デレク】…………

彼の登場回数は1回。ハリーがホグワーツで3回目のクリスマスを迎えたときのことである（③P298）。彼は現在1年生でハリーの2歳年下。クリスマス休暇に家に帰らず、ホグワーツでのパーティーに参加し、ダンブルドアに声をかけられて顔を赤らめるという初々しい少年だった。しかし、ディグルと同様、彼の名前もまた『D』で始まるので油断はできない。

また、ハリーが顔見知りではなかったということで、グリフィンドール生ではないのだろう。ということはスリザリン生である可能性もある。

しかも、クリスマス休暇に家に帰らないというのは、イギリスでは珍しいことなのである。日本人にはピンとこないかもしれないが、イギリスなどの欧米諸国では宗教上、クリスマスは家族と過ごすものだという強い意識がある。そのクリスマスにホグワーツで過ごしているというのは、ハリーのように家族に何らかの問題があったり、トム・リドルのように孤児だったり何らかの事情がある場合が多い。

よって、彼もまたかなり怪しい人物ということになるのだ。

【ヘドウィグ】…………

ヘドウィグはハリーのペットのふくろうの名前だが、その名前は『魔法史』の教科書でみつけた名前である（①P134）。ということは、魔法界には実際にヘドウィグという魔法使いかなんかが存在したということだ。

「『魔法史』で見つけた名だ」としか説明がないので、どんな人物なのか、また人間なのかどうかも定かではないが、それがまた思わせぶりな感じで気になってしょうがない。

第2巻で秘密の部屋の実体を知るために重要な鍵となったもののひとつが『魔法史』だった。一千年以上も昔のホグワーツの歴史を紐解くことによって、いろいろな謎が解けたのである。ということは、今後ヴォルデモートに関することやハリーの両親のことなど、まだまだ解き明かされていない謎を解くために、『魔法史』は重要な位置をしめてくるに違いない。

なかでも、ヘドウィグは授業で習った名前ではなく、唯一ハリーが見つけだしたものであり、しかもハリーのペットという重要なポジションにいる。

第3巻では、ねずみのスキャバーズが実は人間だったという驚くべき事実が飛び出したくらいなのだから、主人公のペットであるヘドウィグがこのまま最後まで平和に暮らせると考える方が不自然ではないだろうか。

ということで、ヘドウィグという名前も、この先重要な名前になる可能性を十分に秘めているのである。

さて、これ以外にも『ハリー・ポッター』には疑ったらキリがないくらい続々とあらゆる名前が登場している。

モルガナ、ウッドクロフトのヘンギスト、アルベリック・グラニオン、キルケ、クリオドナなど、蛙チョコのカードになっている魔法使いや魔女たち、サリー-アン・パークス、ムーン、ノット、フォーセットなど、ハリーの同級生、ケルトバーン、シニストラ、ベクトルなどホグワーツ教授陣などなど。彼らの名前はすべて1回しか登場していないし、今のところストーリーに絡んできそうな気配はない。

しかし、冒頭でも説明したように、『ハリー・ポッター』は、いつどこでどんな形で誰が登場するのかわからない、まるで推理小説のように、いろいろな伏線が敷かれているのだ。

第4巻以降、『ハリー・ポッター』は益々児童書とは思えない、さらに複雑な展開に発展するらしい。そう考えると、すでに出版されている分をおさらいするためにも、1年に1冊というのは決して遅いペースではないのかもしれない。

ホグワーツ魔法魔術学校—第×××回卒業式—

著者ローリング氏は『ハリー・ポッター』のアイディアが思い浮かんだとき、すでに全7巻の物語になるということもわかっていたという。そして第5巻を執筆中の現在、どんな結末になるかも決まっているという。つまり、どんなに面白くても、たとえ世界的大ベストセラーであっても、『ハリー・ポッター』は必ず第7巻で終わりを迎えてしまうのである。

現在本国イギリスでは第4巻、日本では第3巻までが出版済みだが、やっぱり一番気になるのは、今後どのような展開が待っているのか、そしてハリーはどうなってしまうのか、そしてどのような結末を迎えるのか、ということだろう。

『ハリー・ポッター』シリーズは1冊ごとにハリーのホグワーツでの1年間の生活が描かれている。そして、実際に1年に1冊ずつ出版されている。

これは、『ハリー・ポッター』を読んでいる子供たちがハリーと共に成長していくように配慮されているものだと言われているが、大人の読者の中には「そんなのいいから早く出してよ」なんて思っている人も少なくないはず。そこで、ここでは『ハリー・ポッター』の最終回を検証してみたいと思う。

まず最初に、最も気になるものの、だいたいの予想がつくのがヴォルデモートとの対決ではないだろうか。とりあえず最終的にはヴォルデモート敗北という結果が待っているはずだ。

ただ、ヴォルデモートがどのような形で敗北するのかを、現時点で予想するのはなかなか難しい。ヴォルデモートがどのような経緯で闇の世界に染まっていったのかもわからないし、ヴォルデモート自身についてもまだまだ謎が多すぎるからだ。

ひとつだけ言えるのは、ただ殺すだけでは終わらないのだろうということ。なんといってもゴーストや悪霊などが当たり前のように存在している魔法界での出来事なので〝死＝敗北〟と簡単に片づけるわけにはいかない。

現在ヴォルデモートは、ハリーに致命傷を負わされたため、ユニコーンの血などを使って延命措置を施している状態であり、現時点ですでに普通に〝生きている〟という状態とは異なる。なので、ただ〝殺した〟だけでは再び復活という可能性もあるのである。

そこで考えられるのがヴォルデモートの更正だ。

ヴォルデモートとハリーにはいくつかの共通点がある。真っ黒な髪やパーセルマウスであること、混血、孤児、マグルに育てられているなど。これらの共通点は、今後何らかの形でストーリーに深く関わってくるのではないかと思われる。

なかでも2人がマグルと魔法使いの混血であることは、今後重要な鍵となるはずだ。なぜなら、この共通点の中に存在する一カ所だけの相違点、ヴォルデモートはマグルである父親から愛されることなく育ち、ハリーはマグル生まれの母親からありったけの愛情を注がれたという事実、これがこの2人の対決に大きな影響を及ぼすと考えられるからだ。

現時点では、ヴォルデモートがハリーに手を出すことができないのは、ハリーの母親がハリーを庇いながら死んでいったからではないかと言われている。この問題をヴォルデモートがどう攻略していくか、ハリーがどう利用していくかが、2人の今後の勝敗を決めていくのではないだろうか。

つまり、2人の勝敗を決定するものは〝力〟ではなく〝愛情〟とか〝精神〟とか、そういった類のものということになる。そうなると、真っ先に思いつくのが敵の〝更正〟だ。更正により闇の力が衰えてしまったり、自らの命を絶ったりという結末。

ただ、これではあまりにも単純というか、お決まりパターン過ぎる。

ということで、やっぱり〝力〟には〝力〟で闘おうということで、次に考えられるのがダンブルドア生け贄作戦だ。ヴォルデモートを完全に抹消するためには、何かとてつもない大きな〝力〟がなければ不可能だろう。

現在、魔法界で最も偉大な〝力〟を発揮できる人間と言えばダンブルドアである。ダンブルドアはヴォルデモートでさえも一目置いてしまうという存在なのだ。

そのダンブルドアの〝命〟となったら、それはとてつもなく大きな〝力〟となる。その大きな〝力〟を使ってヴォルデモートを倒す、つまりダンブルドアの〝命〟と引き替えに、何らかの方法でヴォルデモートの〝力〟を封じる、というのはどうだろう。

第4巻では、ヴォルデモートが完全復活、ダンブルドアも彼との対決のため、とうとう本格的に動き出すらしいが、なぜ彼は今まで動こうとしなかったのか。

それは、ハリーが大きくなるのを待っていたからではないだろうか。

ハリーはヴォルデモートの力を奪った唯一の魔法使いである。ということは、ヴォルデモートを倒すためにハリーの存在は不可欠ということになる。また、ハリーの両親は偉大な魔法使いであり、ハリーにもその素質が備わっている。

つまり、ヴォルデモートを倒すため、そしてその後自分がいなくなった後に魔法界を支えていく人材であるハリーが、一人前の魔法使いになるのを待っているとは考えられないだろうか。

何にしろ、ダンブルドアはヴォルデモートについて、まだまだハリーや他の魔法使いに隠していることがいろいろあるらしい。なので、ヴォルデモートが破れる際、彼が大きく関わってくることは間違いないだろう。

さて、ヴォルデモートが倒されて魔法界に完璧な平和が戻ったとして、そのときハリーの私生活、というか冒険面以外では、どんな最終回を迎えているのかも検証してみよう。

ハリーは第7巻でホグワーツの最上級生となる。年齢でいうと17歳だ。第1巻では、かわいい男の子だったハリーだが、最終巻では背も伸び、声変わりも終わってしまい、ヒゲも生えて、立派な男になっているはず。そしてホグワーツを卒業、就職、となるのだが、まずは、ハリーがいったいどこへ就職するのか。

現時点で濃厚なのは、やっぱりクィディッチのプロ選手。『史上最年少のクィディッチイギリス代表選手誕生』なんて日刊予言者新聞の見出しが想像できる。また、ダンブルドアの後を引き継ぎ、いつかホグワーツの校長になるためホグワーツの教授に、なんて可能性もある。父親がアニメーガスだったので、科目は変身術。もしかしたら、その頃にはハリーもアニメーガスになっているかも。

次に、誰と一緒に住んでいるのか。

現時点で最も理想的だと思われるのは、やはりシリウスと一緒に住んでいる場合だろう。父親の親友であり、自分の名付け親でもあるシリウスと一緒に住むことは、現在ハリーが最も憧れている生活でもあるので、これは是非、実現させて欲しい。

ただ、問題なのはダーズリー一家がハリーを手放すかどうか。

7年間も魔法使いハリーと一緒にいれば、いい加減魔法使いにも慣れていそうである。多少は魔法使いに対して理解を示しているかも知れないし、もしかしたら、改心してハリーの存在を認めるようになっているかも知れない。そうなると、ダーズリー家にシリウスがちょくちょく遊びに来るなんて光景も拝めるかも。

また、年齢的にももう大人ということで、一人暮らしという可能性もあるのだが、幼い頃から温かい家庭というのを知らずに育ったハリーのことだから、一緒に住んでくれる人がいる限りは、きっとその人たちを大事にして共に生活していきたいと願うのではないだろうか。

さらに、ロンやハーマイオニーたちはどうしているのか。

まずはロン。将来の進路について誰よりもプレッシャーを感じているロンだが、とりあえず、もうこれ以上兄たちと比べられないように、兄たちとは違う道を選ぶのだろう。また、今のところ必死に勉強している様子もないので、父親のいる魔法省に就職する可能性も低い。

そこで彼の特技チェスに注目。そんな大会があるかどうかは不明だが、魔法チェス世界選手権などで活躍、世界的に有名な魔法使いになっていることを期待したい。これならば、ロンも立派にウィーズリー家自慢の息子である。

ハーマイオニーは、間違いなく監督生を立派に勤め上げたすえ首席で卒業という輝かしい最後を迎えているだろう。その後は勉強好きの彼女のことなので、研究職などを選ぶのではないだろうか。また、魔法界のキャリアウーマンと呼ばれるような女になり、働く女性に関する市民運動などにも参加していそうである。ということで、『ハリー・ポッター』の最終回、いったいどうなるのか、今後どんな驚きの展開が待っているのか、期待は膨らむばかりである。

『ハリー・ポッター』の第７巻がイギリスで出版されるのは２００３年、日本版の出版はおそらく２００５年になる。なんと、結末を知ることができるのは４年も先なのだが、裏返せば４年も楽しめるということである。早く結末が知りたくてしょうがない読者も多いと思うが、ここはじっくりとハリーの成長を見守ることにしようではないか。

ふくろう――標準魔法レベル試験（O・W・L）――
マグル用　組分け帽子機能付き

さて、ここまで熱心に『ハリー・ポッター』について学んできた読者諸君。このあたりで諸君の魔法レベルがどのくらいなのか試してみよう。

次の設問に答えなさい。ただし、設問Aは正しいと思う答えを、設問Bは自分に一番近いと

思う答えを選びなさい。

【設問A】……………………

Q①・魔法界のことなら何でもわかる便利な新聞はどれですか。

Ⓐ毎日魔術新聞　Ⓑ日刊魔女新聞　Ⓒ日刊予言者新聞

Q②・ホグワーツ特急の車体は何色ですか。

Ⓐ紅色　Ⓑ蒼色　Ⓒ虹色

Q③・ダイアゴン横町への入口がある店はどれですか。

Ⓐ漏れ皿　Ⓑ漏れ椀　Ⓒ漏れ鍋

Q④・グリフィンドール寮のシンボルとなっている動物は何ですか。

Ⓐタイガー　Ⓑライオン　Ⓒチーター

Q⑤・バタービールが飲めるパブはどこですか。

Ⓐ三本の箒　Ⓑ三十本の箒　Ⓒ三百本の箒

Q⑥・「エクスペリア～ムズ！」とは何の呪文ですか。

Ⓐ武装解除の術　Ⓑ全身金縛り　Ⓒボガード退治

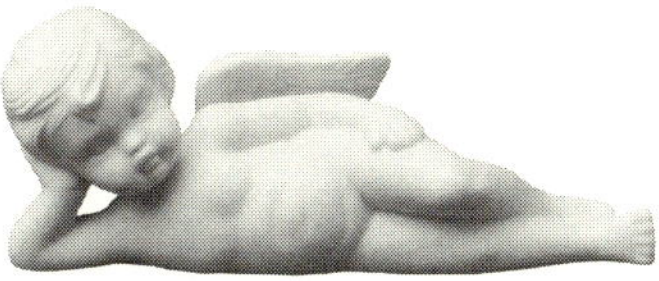

Q⑦・嘆きのマートルが住んでいるのは何階の女子トイレですか。

Ⓐ二階　Ⓑ三階　Ⓒ四階

Q⑧・ホグワーツの階段の数は全部でいくつありますか。

Ⓐ124　Ⓑ132　Ⓒ142

Q⑨・クィディッチは1チーム何人で行ないますか。

Ⓐ6人　Ⓑ7人　Ⓒ8人

Q⑩・アスフォデルとニガヨモギを合わせた眠り薬を何と呼びますか。

Ⓐポリジュース薬　Ⓑ生きる屍の水薬　Ⓒスケレ・グロ

Q⑪・悪魔の罠の弱点は何ですか。

Ⓐ火　Ⓑ熱湯　Ⓒ水

Q⑫・マンドレイクを扱うときに身に付けなければならないものは何ですか。

Ⓐ手袋　Ⓑアイマスク　Ⓒ耳あて

Q⑬・ナイト・バスで飲めるココアの値段はいくらですか。

Ⓐ2シックル　Ⓑ11シックル　Ⓒ13シックル

Q⑭・魔法省の登録簿に今世紀中に登録されたアニメーガスの人数は何人ですか。

Ⓐ7人　Ⓑ9人　Ⓒ11人

Q⑮・足縛りの呪文はどれですか。

Ⓐリクタスセンプラ!　Ⓑワディワジ　Ⓒロコモーター　モルティス

Q⑯・ドラゴンの飼育を禁じたワーロック法が定められたのは何年ですか。

Ⓐ1609年　Ⓑ1709年　Ⓒ1809年

Q⑰・1シックルは何クヌートですか。

Ⓐ29クヌート　Ⓑ32クヌート　Ⓒ35クヌート

Q⑱・魔法使いの家に生まれながら魔力のない人のことを何と言いますか。

Ⓐスクイブ　Ⓑスパイク　Ⓒスネイプ

Q⑲・ホグワーツの校長室の前にある像はどれですか。

Ⓐグレゴリー像　Ⓑカーゴイル像　Ⓒゴードン像

Q⑳・孵化したドラゴンにはブランデーに何を混ぜたものを与えますか。

Ⓐ牛の血　Ⓑ豚の血　Ⓒ鶏の血

Q㉑・ハリー・ポッターの功績について知ることができる本はどれですか。
Ⓐ私はマジックだ　Ⓑ近代魔法史　Ⓒクィディッチ今昔

Q㉒・魔法省アーサー・ウィーズリーの手によって制定された法律はどれですか。
Ⓐマグル管理法　Ⓑマグル規制法　Ⓒマグル保護法

Q㉓・魔法界の監獄アズカバンがあるのはどこですか。
Ⓐ海のかなたの孤島　Ⓑミイラの転がる砂漠　Ⓒ猛獣の住む密林

Q㉔・正しく精製された縮み薬は何色をしていますか。
Ⓐオレンジ色　Ⓑ赤紫色　Ⓒ黄緑色

Q㉕・不死鳥の涙にはどんな力がありますか。
Ⓐ安らぎの力　Ⓑ守護の力　Ⓒ癒しの力

【設問B】……………………

Q①・夏休み最終日あなたが宿題を仕上げるために選んだ場所はどこですか。
Ⓐカフェ　Ⓑ友達の家　Ⓒ自分の家　Ⓓ図書館

Q②・初めての飛行訓練で上手く飛べなかったあなたがとった行動はどれですか。

Ⓐひたすら訓練を続ける　Ⓑ箒を変えてみる　Ⓒ飛べる人を観察　Ⓓ飛べない原因を追究

Q③・好きな異性に対してあなたはどんなアプローチをしますか。

Ⓐ積極的に会話する　Ⓑ自分の活躍を見せる　Ⓒラブレターを書く　Ⓓ同じ趣味を持つ

Q④・あなたの友人が行方不明になりました。最初にどこを捜しますか。

Ⓐ友人の職場や学校　Ⓑ友人の好きな場所　Ⓒ戻ってくるのを待つ　Ⓓ友人が住む街

Q⑤・今あなたが読みたいと思う本はどれですか。

Ⓐ変身術入門　Ⓑ黒魔術の栄枯盛衰　Ⓒ未来の霧を晴らす　Ⓓ闇の力—護身術入門

Q⑥・朝起きてあなたが一番最初にすることは何ですか。

Ⓐ時計を見る　Ⓑカーテンを開ける　Ⓒトイレに行く　Ⓓ顔を洗う

Q⑦・友人への誕生日プレゼント、あなたは何をあげますか。

Ⓐいたずらグッズ　Ⓑ闇の魔法グッズ　Ⓒお菓子セット　Ⓓチェスセット

Q⑧・禁じられた森で迷子になったあなたはどうしますか。

Ⓐ森に棲むものに道を聞く　Ⓑ自力で脱出する　Ⓒ助けが来るのを待つ　Ⓓ来た道を戻る

Q⑨・待ち合わせの時間になっても友人が来ません。あなたはどうしますか。
Ⓐ捜しに行く　Ⓑ友人の家に行く　Ⓒあと30分待ってみる　Ⓓふくろう便を飛ばす

Q⑩・ふくろう試験前日、あなたが最後に憶えたのはどんなことでしたか。
Ⓐアニメーガスについて　Ⓑ忘れ薬の精製　Ⓒマンドレイクの習性　Ⓓホグワーツの歴史

Q⑪・規則を破ったあなたは罰を受けました。どんな罰ですか。
Ⓐ禁じられた森の見回り　Ⓑ外出禁止　Ⓒトロフィー磨き　Ⓓ洋皮紙3メートル分のレポート

Q⑫・ヴォルデモートからあなたを守ってくれるものは何だと思いますか。
Ⓐ自分　Ⓑ仲間　Ⓒ根性　Ⓓ知恵

【得点の算出方法】……………………

それぞれ次のように計算して下さい。

設問A［解答］ Q①＝Ⓒ　Q②＝Ⓐ　Q③＝Ⓒ　Q④＝Ⓑ　Q⑤＝Ⓐ　Q⑥＝Ⓐ　Q⑦＝Ⓑ　Q⑧＝Ⓒ　Q⑨＝Ⓑ　Q⑩＝Ⓑ　Q⑪＝Ⓐ　Q⑫＝Ⓒ　Q⑬＝Ⓐ　Q⑭＝Ⓐ　Q⑮＝Ⓒ　Q⑯＝Ⓑ　Q⑰＝Ⓐ　Q⑱＝Ⓐ　Q⑲＝Ⓑ　Q⑳＝Ⓒ　Q㉑＝Ⓑ　Q㉒＝Ⓒ　Q㉓＝Ⓐ　Q㉔＝Ⓒ　Q㉕＝Ⓒ

正解の数×4点＝（　　）

設問B　Ⓐの数×5点＋Ⓑの数×4点＋Ⓒの数×3点＋Ⓓの数×2点＝（　　）

設問Aの結果からは魔法界でのあなたに適した職業が、設問Bの結果からはホグワーツでのあなたに適した寮がわかります。

【設問A結果発表】……………………

100～76点……十二ふくろう

あなたは、もしかして自分のことを魔法使いだと思っていませんか。いつか自分の所にもホグワーツ入学許可証が届くのだと信じていますね。

そんなあなたには研究職がお勧めです。ルーマニアでドラゴンの研究などに没頭してみてはどうでしょう。魔法使いだけではなく、幻獣、珍獣、何でもありの魔法界にどっぷりつかって下さい。

75～51点……九ふくろう

魔法界に興味津々といった感じの詮索好きのマグルなあなたは、魔法省に勤務することをお勧めします。魔法省には、魔法使いに対して大変寛容なあなたのような人材を必要としている魔法使いが大勢いるはずです。

まずは、マグル製品不正使用取締局長アーサー氏のもとで、マグルと魔法使いの交流のために力を注いでみて下さい。

50〜26点……六ふくろう

興味はあるものの、なかなか魔法界の存在を信じることができない生粋のマグルっ子であるあなたには、パブ『漏れ鍋』の店員がお勧めです。ただし、慣れるまではダイアゴン横町には出入りしない方がいいでしょう。

マグルが行き交うロンドンの街中で、徐々に魔法使いに慣れていってみて下さい。

25〜0点……三ふくろう

どうやらあなたは魔法界よりも〝まとも〟なマグル界に興味があるようです。

そんなあなたには残念ながらお勧めできる魔法界での職業はありません。代わりに、といっては何ですが、グラニングス社で穴あけドリルの製造に携わるというのはどうでしょう。

あなたならきっと、ダーズリー社長のお気に入りになれるはずです。

【設問B結果発表】…………

60～51点……グリフィンドール

冒険心が旺盛で行動力抜群なあなたが所属すべき寮はグリフィンドール以外ありません。たとえ周りに反対されても、自分が正しいと思った道を貫き通す姿勢は、あなたの最大の武器となります。

しかし、それがあだとなり暴走しすぎて自爆することも。たまには立ち止まって考えることも必要なのです。

50～42点……スリザリン

自分の力を信じて疑わないあなたに相応しい寮はスリザリンです。あなたの、どんな難題にも立ち向かっていく強気な精神は、偉大なマグルになれる可能性を秘めています。ただし、頂点ばかりを見ていると、いつか足下をすくわれる日がくるということを今から肝に銘じておきましょう。

41～33点……ハッフルパフ

誰よりも努力家のあなたが学ぶべき場所はハッフルパフです。常に自分のペースを守り、何事に対してもコツコツと取り組む根気強さで、あなたは知らず知らずのうちに大きな力を蓄えているはず。

ただ、堅実すぎてビッグチャンスを逃している可能性も。ときには冒険してみることも必要です。

32～24点……レイブンクロー

あなたの行動する前にまず考えるという基本姿勢はレイブンクローにピッタリです。あなたは最も適切な答えを出してから行動に出るので、あらゆるトラブルを回避していきます。

ただし、いざトラブルが起こると慣れていないためパニックになることも。理屈だけではどうにもならないこともあるのだということも学びましょう。

第④章＝ハリー・ポッターが愛される理由

キャラクターランキング

『ハリー・ポッター』シリーズは、主に「児童書」と呼ばれている。しかし、『ハリー・ポッター』には、「児童書」とは思えないような大人も思わず感情移入してしまうリアルな登場人物が数多く登場する。

そこで、中学生までを子供の部、それ以上を大人の部というように分けて「登場人物の中で一番好きなのは誰? その理由は?」というアンケートを行なってみた。

【子供ランキング】……………………

①位：ハリー・ポッター

「ファイアボルトを貸してもらいたいから」「透明マントでハリーと遊園地に忍び込みたい」「クィディッチがやりたいから」「ハリーみたいな友達がいたら毎日楽しいと思う」「お父さんとお母さんが殺されてかわいそうだけどホグワーツは楽しそう」「ハリーがお父さんの動物もどきの守護霊を作ったところに感動しました」「ハリーと一緒にヴォルデモートと闘いたい」

②位：アルバス・ダンブルドア

「ハリーがピンチの時必ず助けてくれるから」「ハリーよりいろんな魔法が使えるから」「おじいちゃんだけど本気になったらものすごく強そう」「ダンブルドアみたいなおじいちゃんだったらいいのにと思った」「ホグワーツの生徒の味方だから」「僕もフォークスが欲しいから」「ダンブルドアの校長室に行ってみたい」

③位：ロン・ウィーズリー

「スキャバーズがいなくなってかわいそうだったけど、シリウスからチビフクロウをもらえてよかった」「ロンがクィディッチの選手になったらいいのに」「お兄ちゃんが欲しいから」「兄妹が多くて楽しそう。お下がりはやだけど」「ハリーが活躍できるのはロンのおかげの所もあると思う」「魔法の世界にくわしいから」

④位：シリウス・ブラック

「バックビークに乗って飛んでいくところが好きです」「本当はハリーの味方なのに悪者扱いされてかわいそう」「チビフクロウやファイアボルトをあげたりするから。子供の気持ちが良く分かっていると思う」「早くハリーと一緒に住めるようになって欲しい」

⑤位：ハーマイオニー・グレンジャー

「あんなに勉強してえらいから」「最初ロンがハーマイオニーを嫌っていたのはロンのお母さんみたいだったからだと思います」「一緒にいたらうるさそうだけどいっぱい魔法を知っててかっこいい」「たまに自分が魔女なのを忘れてしまうようなドジなところがかわいい」

⑥位：ルビウス・ハグリッド

「ドラゴンに夢中になるところ」「大人なのに友達みたいだから」「禁じられた森の中でも堂々としているところがかっこ良い」「どんな動物でもかわいがって育てているところ」「もう少しお酒を飲まない方が体にいいと思います」

⑦位：リーマス・J・ルーピン

「ルーピン先生の誰にでも優しいところが好きです」「教えかたが上手で、スネイプみたいにひいきしないから」「いつかまたホグワーツに戻ってきてほしい」「狼人間だからって辞めなくてもよかったと思う」「あんな授業だったら楽しいと思った」

⑧位：双子のフレッドとジョージ・ウィーズリー

「2人はベストコンビです」「双子がパーシーをからかうところがおもしろい」「管理人フィ

ルチの事務室に双子のファイルがまるまる一つの引き出しを占領している所がおかしかった」「一緒にイタズラしたい」「忍びの地図を持ってるから」

⑨位：ヘドウィグ

「ふわふわしてて暖かそう」「魔法界はフクロウ便だけで電話がないなんて遅れているけど、ヘドウィグなら欲しい」「ヘドウィグはやさしいハリーに飼ってもらってよかったと思う」「ふくろう同士の会話がどうなっているのか知りたい」

⑩位：ほとんど首なしニック

「僕もゴーストと遊びたい」「ゴーストにも悩みがあるんだと思った」「首と体がたった1センチの筋と皮でつながっているところを見てみたい」「ハリーのお父さんとかもゴーストになって出てくれればいいのに」

【大人ランキング】…………

①位：ハリー・ポッター

「強くて、優しくて、勇気があるところ」「ヴォルデモートに負けるな」「ファイアボルトに乗っているときのハリーがかっこいい」「ある日突然『あなたは魔法使いです』なんて言われてみたい」「イジメに負けずにがんばっているところ」「とりあえず主人公だから」「たぶん将来大物になるから」「結構モテそうだから」

②位：シリウス・ブラック

「ブラックって名前からしてかっこいい」「ハリーに一緒に暮らそうというところには泣かされた」「何百ガリオンもするファイアボルトをハリーに贈るなんて太っ腹！」「友達のために死ねるなんて、あんなにはっきり言い切れるのはスゴイ」「とにかくかっこいい、大好き」「超ハンサムらしいから」「惚れた！」

③位：アルバス・ダンブルドア

「早くハリーの秘密を教えて」「うちの学校の校長になって欲しい」「若い頃がどんなだったかもっと知りたい」「とにかくおちゃめでかわいい」「ハリーはダンブルドアがいる限り無敵だ」「一緒に宴会してみたい」「イケてる老人って感じ」「一度でいいから趣味のボウリングをやっているところを見たい」

④位：ヴォルデモート卿

「本当はハリーが羨ましいのでは?」「なんか完全な悪者っぽくないから」「誰でも彼のようになってしまう可能性は秘めていると思う」「最後にはいい人になりそうな気がする」「過去に振り回されてる感じがせつない」「今度はどんな状態で登場するのか楽しみ」

⑤位：ロン・ウィーズリー

「自分のペットが実は人間だったなんてショックだろうな」「7巻もあるなら一度くらいロンを主人公にしたストーリーかエピソードが欲しい」「兄と比べられるのが嫌な気持ちは良くわかる」「ビルやチャーリーが実家に仕送りしてるのかどうかが気になる」

⑥位：ハーマイオニー・グレンジャー

「パーシーみたいに監督生や首席になりそうな気がする」「マルフォイを平手打ちしたり、ブラックに蹴りを入れるなんて案外やるじゃんって思った」「気が強いところがあるけど、優しくて女の子らしい面もあるところが好き」「デキる女っぽいところ」

⑦位：セルブス・スネイプ

「彼には彼なりの事情がありそう」「屈折した性格がいい味を出している」「所詮人間いつも公平になんてできないもんだと思う」「根っからの悪者ではないような気がするんですけど」

「ハリーを憎んでいるところがはっきりしていて分かりやすい。悪者キャラ大好き」

⑧位：双子のフレッドとジョージ・ウィーズリー

「人生楽しんでるって感じ」「勉強もできてクィディッチもできて悪知恵も働いてかっこいい」「ユーモアのセンスがある」「サボッてばっかりなのに勉強もできる。う〜ん理想」「最近はこういう子供が減ってる気がする」

⑨位：ルビウス・ハグリッド

「大きな体を丸めてドラゴンを手塩に掛けて育てている姿がいじらしい」「嘘つけないところ」「動物好きに悪人はいない」「泣き上戸の人間臭さがマル」「善人のくせに違法のドラゴンを育てちゃってるところ」「大蜘蛛と友達なんてかっこよすぎる」

⑩位：ギルデロイ・ロックハート

「度を越えたナルシストっぷりがたまらない」「私もサインして欲しい」「やっぱり人間顔が大事なのだと思った」「最後に全部記憶をなくしてしまったとき彼の本性を見た気がする」「今どうしてるのか気になってしょうがない」

まず、子供ランキングと大人ランキングの大きな違いは、大人ランキングにはヴォルデモートやスネイプがランクインしているということだろう。

ヴォルデモートに関しては、彼の〝憎しみ〟という感情に理解を示した人が多かったというのがランクインの要因のようだ。父親に捨てられ孤児院で育ったという環境や、理想とは違う自分への苛立ち（彼の場合は純血ではないこと）など、今現在闇の魔法使いであるという事実よりも、彼が闇の魔法使いになってしまった経緯の方に興味があるらしい。

スネイプには、特定の生徒をひいきしたり、自分の感情を優先したりといったところに人間味を感じているようだ。どうやら大人になると「先生だって人間なんだからしょうがない」と思うらしく、彼のように感情むき出しのキャラクターの方が人間的に見えるらしい。

ちなみに子供ランキングでのヴォルデモートは16位で、孤児院で育ったという環境に対しての同情票が多くを占めていた。スネイプは、どうやら子供から見ると「ひいきをする先生」という印象が強いらしく、ヴォルデモートよりもさらに下の23位。一日のほとんどを学校で過ごしている小中学生にとっては、スネイプのような先生はムカついてしょうがないのだろう。

そのため、子供ランキングにはリーマスがランクイン。リーマスは子供たちの理想の先生像のようだ。さらに、ハグリッドも大人より子供に人気で、自分たちのことを理解してくれそうな大人という風に見えているようだ。

また、同じように上位にランクインしているのに、その理由が子供と大人でだいぶ違っているのがシリウスだ。子供たちは「ハリーの前に現れた救世主」というような見方をしているのに対し、大人はとにかく彼の男っぷりに惹かれているらしい。

特に20代女性に人気が高く、シリウスが元気だった頃の顔に関しては、そんなに詳しく描写されていないのにも関わらず「かっこいい」の連発。どうやら彼女たちの間では、シリウス独走態勢、主役のハリーを食ってしまいそうな勢いなのである。

そのほか、子供ランキングにおいてロンが好きな理由で多かったのが「兄妹が多くて楽しそう」。これは現在の少子化問題を象徴しているし、大人ランキングにおいてのウィーズリー家の双子が好きな理由にある「最近はこういう子供が減ってる気がする」というのも、何だか考えさせられるコメントである。

というわけで、第1巻が日本で出版されてから3年、『ハリー・ポッター』熱は冷めるどころか、さらに勢いよく白熱していきそうだ。

ダーズリー夫妻の存在理由

ハリーは、赤ん坊の時に両親をヴォルデモートに殺されてしまったため、ダーズリー夫妻に引き取られ育てられた。育てられたといっても、その育て方は、はっきりいって児童虐待に近いものがある。

ハリーの母親の姉にあたるペチュニア・ダーズリーと、その夫バーノン・ダーズリーは、ハリーを小間使いのように扱ったり、ときには、その存在が無いかのように無視し続ける。

それでも足りないのか、夫妻は一人息子であるダドリーを、ハリーに見せつけるかのように甘やかし続ける。着るものはダドリーのお古を与え、部屋はクモがはい回る階段下の物置を与えている。ホグワーツからハリーに入学案内が届き、ハリーがダーズリー家でどのような扱いを受けているかが、彼らに筒抜けであることを知った夫妻は、急いで部屋だけはダドリーの二つ目の部屋（オモチャ置き場）に移したが（①P58）、それでもその扱いは変わらない。

客人が来れば、部屋でじっとしているように命じ、その約束が守れないとなると、部屋に鍵をかけて、食事だけを運び込むという囚人のような生活を送らせている（②P34）。そのうえ、バーノンは自分の姉であるマージに、ハリーが『更正不能非行少年院』に収容されているという嘘までついていた（③P29）。

せっかく全寮制のホグワーツに入学したのに、夏休みには家に帰らなければならないため、ハリーは休みのたびにこのような屈辱的な扱いを受けることになるのである。3巻ではハリーの父親の親友で、ハリーの後見人でもあるシリウスが登場したのだが、それでもハリーはダーズリー家を出ることができず、現在再び屈辱的な夏休みを迎えている。

これが、『ハリー・ポッター』シリーズが「差別的」と非難を受ける一つの要因であることは間違いないだろう。

では、なぜハリーはこのような扱いを受けなければならないのだろうか。

『ハリー・ポッター』シリーズのおもしろさは、これまでのファンタジー小説には描かれなかった露骨な悪の描写にある。それは、ただ単に「悪い魔法使い」「悪魔」「死神」などという言葉では片づけられない、リアリティのある〝悪〟だ。

ヴォルデモートという存在がその代表である。彼は最初から悪い魔法使いではなかった。憎しみや、心の弱さなどが複雑に絡み合い、〝悪〟という存在に変化してしまったのである。そして、主人公のハリーもただのヒーローではなく、〝悪〟になりうる存在として描かれている。スリザリンという〝悪〟の代名詞的な素質を持ち合わせていながら、心を強く持つことで正義の道を進んでいくのである。このような設定が、ハリーが闘わなければならない必然性を生むことになり、〝冒険〟というものにリアリティを与えているのだ。

それならば、ダーズリー夫妻の存在にも、なにか理由があるのではないだろうか。

夫妻がこよなく愛するものは〝まとも〟なことである。だから夫妻は〝まとも〟ではない魔法使いのハリーを毛嫌いしている。

しかし、ここで不思議なのが、ダーズリー夫妻がハリーのことを引き取り育てていることである。ハリーの両親が魔法使いであることは、夫妻とも知っていた事実だ。ハリーが大きくなれば〝まとも〟ではなくなるのは確実だったのである。それなのに、夫妻はハリーを自分の家で育てていたのだ。家の前に捨てられていたハリーを、そのまま他の場所に捨てることだって可能だったはずである。

事実、バーノンの姉マージは「うちの戸口に捨てられたなら、おまえはまっすぐ孤児院行きだったよ」とハッキリ言い切っている（③P33）。それなのに、夫妻はハリーを拾い、しかも

「ああいう危険なナンセンスは絶対にたたきだしてやる」と誓い、ハリーを完璧に魔法界と引き離し11歳の少年に育て上げた。その育て方に多少の問題はあるものの、あれだけ〝まとも〟なことを尊重する夫妻が、魔法使いを育てていたのである。

そのうえ、ハグリッドが迎えに来たときには、ハリーを魔法界に関わらせないよう必死だった。ハリーをさっさとホグワーツに行かせてしまえば、厄介払いができて丸く収まったはずなのに、バーノンは絶対にハリーをホグワーツに行かせようとはしなかったのである。

なぜ、バーノンはあんなに必死だったのか。もしかしたら、バーノンは、ただハリーに〝まとも〟に育って欲しいだけなのではないだろうか。

バーノンは魔法使いという存在をまったく知らなかったわけではない。厄介な事件に巻き込まれ命を落とした魔法使いのことを知っているのだ。そう、自分の妻ペチュニアの妹である。

そのペチュニアは、自分の妹のことを愚かだと思っている。それは、魔法使いなんかにかかわったお陰で命を落としたからであり、決して妹を憎んでいるからではない。

つまり、なぜ夫妻があんなに〝まとも〟であることに執着するのか、それは魔法界と関わるとロクなことにならないと思っているからなのではないだろうか。

〝まとも〟でいつづければ、何か厄介なことに巻き込まれることもないし、平和な日々を過ごすことができる。そのためには、〝魔法〟という存在を否定し続けなければならない。もし、少しでも認めれば何かが変わってしまうような気がする。それが、ダーズリー夫妻の本音なのである。これは、〝大人〟だったなら当たり前に抱く感情である。

もし、〝魔法使い〟なんてものが実際に存在したら、その存在に憧れ、疑い、恐れ、素直に認められない、そんな複雑な〝大人〟の感情を表しているのがダーズリー夫妻なのだ。

『ハリー・ポッター』シリーズのおもしろさは「その舞台が現代である」というところにあると言われている。普通の家に育った普通の少年が、ある日突然魔法使いであると告げられ、魔法の世界へ飛び込んでいく。

しかし、それだけではリアリティは生まれない。〝舞台が現代〟ならば、それにあわせた登場人物が必要なのである。それが、素直に〝魔法〟とか〝魔法使い〟という存在を信じることができなくなってしまった〝大人〟の存在、つまりダーズリー夫妻なのである。

ハリーにとっては迷惑な話だが、『ハリー・ポッター』シリーズのおもしろさは、ダーズリー夫妻の複雑な感情抜きでは、実現しなかったのだ。

ファンタジー小説界としてのハリー・ポッター

イギリスは昔から『不思議の国のアリス』『ピーターパン』『メアリーポピンズ』など、数多くの優れたファンタジー小説を生み出してきた。

最近では、トールキンの『指輪物語』などが知られているが、『ハリー・ポッター』シリーズもまた、「魔法」「謎解き」「冒険」という要素が盛り込まれているといった意味で、伝統的なイギリスのファンタジー小説を継承していると言えるだろう。

しかし、その伝統は著者ローリング氏の手によってアレンジされ、また新たな手法を加えられて、読者にとって新鮮で魅力あるものに生まれ変わった。

では、『ハリー・ポッター』は、ほかのイギリスの伝統的なファンタジー小説と比べて、どのように違うのだろうか。

イギリスの代表的なファンタジーに『ピーターパン』がある。これは永遠に子供のままの少年ピーターパンと、ロンドンに住む普通の少女ウェンディとその弟たちとの冒険を描いた物語なのだが、彼らの冒険は、ある日突然ピーターパンという少年が現れ、ウェンディたちを部屋から連れ出すというところから始まる。そして、彼らは窓から空を飛びネバーランドへと向かうのである。

さてここで、同じようなシーンが『ハリー・ポッター』にもあったことを思い出して欲しい。第2巻38ページ、バーノンおじさんに部屋に閉じこめられていたハリーを、ロンとジョージとフレッドが迎えに来るシーンだ。

このとき、ロンがどうやってハリーを迎えに来たかと言えば、彼は魔法使いのくせに〝車〟でやってきたのである。

ちょっと魔法がかけてあったので宙に浮かんではいたが、それは間違いなく我々が見慣れた〝車〟であり、しかも『フォード・アングリア』と車種まで限定されていた。そう、ロンは魔法つかいのくせいに、空を飛べないのである。

これについて9月に発売された『クィディッチ今昔』には、次のように記されている。

「人の姿のままで、なんの助けも借りずに飛ぶことを可能にするような呪文は、いまだに考案されていない」

そのあとには、それを可能にするために彼ら魔法使いの先祖がどれだけ苦労したのかも記されているのだが、そうやってできたのが空飛ぶ箒であり、マグルへの言い訳も簡単で、しかも安価で持ち運びが便利である箒に空飛ぶ魔法をかけたのが、その始まりだという。『空飛ぶ箒』1本に、これだけの歴史と言い訳が散りばめられているファンタジー小説が今までにあっただろうか。なんとも隙のない設定である。

また、動物に変身することができるアニメーガスは、かなり高度な魔法で今世紀中に7人しか魔法省に登録されていないという設定になっているし、そもそも『ハリー・ポッター』に登場する魔法使いは、ホグワーツという学校に通い魔法について学ばなければ何もできないのである。

これまでのファンタジーは、ファンタジーというだけで人は簡単に空を飛んでいた。それは、ファンタジー世界、つまり創り物の中での出来事であり、空を飛ぼうが、変身しようが、永遠の命を持っていようが、誰もそれに対して文句を言ったりはしないからである。

しかし、当然のように空を飛ばれてしまうと、多くの大人は最初から〝創り物〟として読むことしかできない。そして、それがファンタジー小説に大人が入り込めない原因だったのではないだろうか。

また、『ハリー・ポッター』に登場する魔法使いは、〝魔法使い〟という特別な生き物ではなく〝魔法の能力を持つ人間〟として描かれている。〝魔法〟という能力を持っているために、怪我や病気などを普通の人間つまりマグルより簡単に治せることはできるが、命を延ばすことはできない。

もちろん『賢者の石』や『ユニコーンの血』のように、永遠の命を手に入れる道具も登場するが、これらは魔法使いの間でもかなり特殊な例として描かれている。つまり、基本的には、当然のように老いていき、当然のように死んでいく、ただの人間として描かれているのだ。

そのため、『ハリー・ポッター』には、ファンタジー小説ではタブーともいえる〝死〟について、最初から隠すことなく描かれている。ハリーの両親の死、クィレルの死、ニコラス・フラメルの死、そして第4巻では、とうとうハリーの友人まで死んでしまう。こうして主人公ハリーは数多くの〝死〟と向き合うことで成長していくのである。

このように『ハリー・ポッター』は、〝子供が大人になるとはどういうことか〟をやんわり教える従来のファンタジー小説とは、明らかに一線を画しているのである。そして、それが世界的ベストセラーとなった要因といっても過言ではないだろう。

ハリー・ポッターに込められた想い

ハリー・ポッターの著者ジョアン・キャスリーン・ローリング（J・K・Rowling）氏は、1965年7月31日、イギリス・ブリストル近くのチッピング・ソドベリーで生まれた。両親は共に読書好きで、特に本を読んでいれば幸せという読書家の母親の影響が大きく、彼女が初めて本を書いたのはなんと6歳のころ。

9歳の時、南ウェールズのチェプストー近郊のタッツヒルという小さな村に引越し、その後、エクスター大学に進学。卒業後はロンドンで仕事をしながら執筆活動に励んでいる。ちなみに、この頃書いていたのは大人向けの小説。

それからマンチェスターに移り住んだ後、英語の教師としてポルトガルに渡り、27歳で結婚。翌年長女ジェシカが生まれるが、離婚。娘と共にローリング氏の妹が住むエジンバラへと移り住み、生活保護を受けながらカフェの片隅で『ハリー・ポッター』を書いたというのは有名な話。

また、ハリーのアイディアが生まれたのが、マンチェスターからロンドンに向かう列車の中だったというのも、いろいろなところで紹介され話題となったが、日本で列車というと、そんなファンタジーが生まれるようなゆったりとした感覚はあまりないかもしれない。

しかし、イギリスの列車は日本のものより遥かに大きく重厚感がある。しかも、高いうえに年中遅れるので、安くて便利なバスの方が重宝されているくらいだ。そんな時代遅れな感じと、周りに広がる広大な自然は、電気もガスも必要としない昔ながらの生活を送る魔法使いに相応しい風景だったのだろう。

そう、『ハリー・ポッター』は文明に頼り切ったマグルに対する、ローリング氏からのアンチテーゼなのである。

さて、『ハリー・ポッター』第3巻発売日直前、どこの書店を覗いても〝2001年7月12日『ハリー・ポッターとアズカバンの囚人』発売・予約受付中〟というポスターの近くには、『世界3600万部のベストセラー』と銘打たれた日本版の第1巻と第2巻が積み上げられていた。

そして、待ちに待った7月12日、書店に積み上げられた『ハリー・ポッターとアズカバンの囚人』には、なんと『世界1億部突破』の文字。これには驚いた人も多いのではないだろうか。

最近では、店頭に『ハリー・ポッターコーナー』を設けている書店も多く、『ハリー・ポッター』に並んで、Ｊ・Ｋ・ローリング氏に関するものなど、関連本が多く並べられている。第１巻の執筆中には生活保護を受けていたというＪ・Ｋ・ローリング氏が、今やイギリスの長者番付女性部門で第１位というのも納得である。

ところで、この爆発的なベストセラーである『ハリー・ポッター』が、日本だけだとどのくらい売れているのかというと、第１巻は２５０万部、第２巻が１８０万部、第３巻に至っては発売前の時点で、すでに１００万部以上の予約が殺到していたというのだ。まるで宇多田ヒカルや浜崎あゆみのＣＤのような売れ行きである。

また、第２巻に関しては一度すべてが回収になったという噂まで流れるなど、本国から遠く離れたここ日本でも『ハリー・ポッター』熱は白熱するばかりなのだ。

もちろん、その理由はこの本が「面白いから」の一言に尽きるのだが、海外でのベストセラー本を日本で発売するためには、必ず通らなければならない道がある。それは、翻訳。

『ハリー・ポッター』を日本語に翻訳したのは静山社という小さな出版社の社長、松岡祐子氏である。

１９９８年、亡き夫松岡幸雄氏の出版社を継ぎ、同時通訳の仕事をしながら出版の仕事を勉強してきたという松岡氏。彼女は、友人から勧められたという『ハリー・ポッター』を徹夜で一気に読んでしまい、その翌日にはローリング氏の代理人に連絡をとっていたという。

そのときすでにローリング氏の元には日本の大手出版社数社から話が来ていたのだが、松岡氏は２カ月にもわたってローリング氏の代理人に『ハリー・ポッター』に対する情熱を訴え続け、見事、日本での版権を獲得した。そして、年間５０００部という実績だった小さな出版社は、第１巻の日本版を出版した１９９９年に１００万部を売り上げるという快挙を成し遂げたのである。

確かに、日本で出版される時点で、すでに『ハリー・ポッター』はイギリスやアメリカではベストセラーとなっており、話題の本だったことは事実である。「売れて当然」と言われればそれまでだ。しかし、いくら原書が面白くても、その面白さが伝わる翻訳でなければ、日本でのベストセラーは実現しなかったのではないだろうか。

松岡氏が翻訳したハリー・ポッターには、「もうこの人以外の翻訳では読みたくない」と思わせるような言葉で溢れている。

例えば、原文にある『Nearly Headless Nick』という言葉。訳すと「頭がないに近いニック」とか「限りなく頭がないに等しいニック」とか「ほぼ頭がないニック」とか、いろいろ訳せるが、これを松岡氏がどう訳したかというと、そう、「ほとんど首無しニック」である。

これまで日本語版『ハリー・ポッター』のみを読んできた読者にとっては、「頭がないに近いニック」でも「ほぼ頭がないニック」でもない、原文の『Nearly Headless Nick』でもピンとこない、「ほとんど首無しニック」は「ほとんど首無しニック」であって、それ以外の名前なんて考えられないのではないだろうか。

ほかにも、スリザリンのゴースト『Bloody Baron』は「血だらけ男爵」や「血まみれ男爵」などと訳すことができるのだが、松岡氏が彼につけた名前は「血みどろ男爵」。これこそ、スリザリンのゴーストに相応しい陰湿さが伝わってくるピッタリの名前である。

また、松岡氏自身は、独特なスコットランド風のなまりで話すハグリッドの魅力は訳しきれないとふくろう通信で語っていたが、とんでもない。

「うんにゃ……座れや……茶、入れるわい……」なんて話し方をするハグリッドを、ロンドン生まれでロンドン育ちの都会っ子だとは誰も思わないだろう。誰が読んだってハグリッドは明らかに地方出身者である。

それから、もう1人、気になるのがナイト・バスの車掌スタン・シャンパイク。彼は「あの人の名前」が「あのしとの名めえ」になってしまうという完璧な江戸っ子である。しかし、ロンドンに江戸っ子がいるはずもなく、ならば彼はいったいどこの人間なのかと思えば、原書ではロンドンの下町なまりで話しているのである。

それ以外にも、日本版『ハリー・ポッター』には、松岡氏のセンスが光る言葉が多数散りばめられている。

なかでもギルデロイ・ロックハートの本のタイトルは、その名前を聞いただけでギルデロイ・ロックハートのおマヌケな人格が伝わってくる。『泣き妖怪バンシーとナウな休日』『トロールのとろい旅』『バンパイアとバッチリ船旅』など、そして極めつけは『自伝「私はマジックだ」』。

今年の9月には『ハリー・ポッター』に登場した『クィディッチ今昔』と『幻の動物とその生息地』という2冊の本が日本でも発売になったが、日本語版『ハリー・ポッター』のファンとしては、ぜひ『自伝「私はマジックだ」』も読んでみたいものである。

さて、このような松岡氏の的確でユーモアのある翻訳、これが『ハリー・ポッター』の日本での大ヒットに大きく貢献していることは間違いのない事実である。彼女の『ハリー・ポッター』に対する愛情が、日本人の心を掴んだのだ。

松岡氏はすでに、約1年後の発売を目指して第4巻『ハリー・ポッターと炎のゴブレット』の翻訳作業に取り組んでいるという。

すでに日本でも発売されているUK版第4巻を読んでいると、ローリング氏の引き出しには、まだまだアイディアが詰まっているようで、シリーズも中盤に差し掛かっているというのに新たなハリー用語が次々とでてきて、松岡氏はこれをどんなふうに訳してくれるのだろうかと、楽しみで仕方がない。

これまで日本語版でしか『ハリー・ポッター』を読んだことがないという人も、待ちきれずに原書で第4巻を読んでしまったという人も、是非、来年発売予定の日本語版第4巻を読んでみて欲しい。原書でしか理解できない面白さがあると同様に、松岡氏が翻訳した日本語版には日本語版だけにある面白さがある。

それを読めるということは、日本語を母国語としている我々だけに与えられた特権なのだ。

第⑤章＝ストーリー解説

『ハリー・ポッターと賢者の石』

ハリー・ポッターは11歳の誕生日を迎えようとしていた。

しかし、赤ん坊のころに交通事故で両親を失い、親戚のダーズリー家で育てられていたハリーにとって、それは特別な日ではなかった。階段下の物置、それがハリーの部屋。ダーズリー一家から虐《しいた》げられていたハリーは、これまで誰からも誕生日を祝福されたことがなかったのである。

そんなハリーの元に不思議な手紙が送られてきた。ホグワーツ魔法魔術学校の入学許可証、ハリー・ポッターは魔法使いだったのである。

ハリーの両親は交通事故ではなく、世界を掌握しようとしていた闇の魔法使いヴォルデモートに殺されていた。そのとき、ヴォルデモートはハリーも殺そうとしたが失敗、なぜか力を失ってしまう。その後、魔法界には平和が訪れ、ヴォルデモートは姿を消した。ハリーは魔法界を救った英雄だったのだ。

何も覚えていないハリーだったが、彼の額にはそのときの証、ヴォルデモートに襲われた際にできた稲妻形の傷が確かに残っていた。

一人前の魔法使いになるため、人里離れた山奥にある全寮制のホグワーツ魔法魔術学校に通うことになったハリー。

そこで彼を待っていたものは、見たこともない魔法だらけの不思議で楽しい毎日だった。魔法族出身のロンと、マグル（非魔法界）出身のハーマイオニーという、生まれて初めての友達もでき、魔法界の人気スポーツクィディッチの代表選手にも選ばれた。それは、これまで物置に住んでいたハリーにとって信じられないほど幸せな毎日だった。

そんなとき、ハリーはホグワーツに永遠の命を得ることができる『賢者の石』が隠されていることを知る。しかも、誰かがその『賢者の石』を盗もうとしていた。そこで、ハリー、ロン、ハーマイオニーは、『賢者の石』を守るため、数々の魔法を破り犯人を追いつめる。追いつめられた犯人、それはホグワーツの先生クィレルだった。彼は再び力を取り戻そうとしていたヴォルデモートに操られていたのだった。

ヴォルデモートは『賢者の石』を手に入れるため、再びハリーに襲いかかる。しかし、ヴォルデモートはハリーを殺すどころか、ハリーに触ることさえできなかった。そしてハリーは

『賢者の石』を守り抜き、ヴォルデモートは再び姿を消した。

気づけば、あっというまにホグワーツでの1年が過ぎていた。生徒たちは夏休みのため、それぞれの家へと帰っていく。ハリーも再びダーズリー家へと戻ることになった。ハリーを邪魔者扱いする、あのダーズリー一家の元へ。しかし、「休暇中に魔法を使わないように」という校則をしらないダーズリー一家は、ハリーの行動を怯えているように見えた。

ハリーは、去年までの夏休みとは少しだけ違ったものになりそうだと期待しながら、マグルの世界へと戻っていったのだった。

【ハリーの成長日記】……………

第1巻でハリーの最大の敵となったのはヴォルデモートという、いわゆる〝悪〟の存在ではない。第1巻でハリーは、その人の心の奥底にある〝望み〟を映し出す『みぞの鏡』の虜となる。なぜなら、そこにはハリーが会ったことのない、ハリーの両親が映し出されていたからだ。しかし、それは現実の世界ではない。その鏡に頼っている限り、前へ進むことはできない。そこから抜け出せるかどうか、それが第1巻でハリーに課せられた最大の課題だったのである。

第1巻でハリーがヴォルデモートに対抗したもの、それはハリーがマグルである母親から愛

されていたという事実だった。しかし、それだけではハリーはヴォルデモートから石を守ることはできなかっただろう。このときハリーは『みぞの鏡』から石を取り出している。このとき、鏡にハリーの両親は映っていなかった。なぜなら、このときのハリーの望みが石を手に入れることだったからだ。ダンブルドアの言葉を思い出して欲しい。

「この世で一番幸せな人には、この鏡は普通の鏡になる」

　このときハリーは両親がいない自分を不幸だとは思っていなかった。それよりも、現在の自分に幸福というものを見いだし、その幸福を維持したいと望み、両親を過去の思い出として消化した。だから、石を取り出すことができたのではないだろうか。ヴォルデモートから『賢者の石』を守ったもの、それはハリーの精神的成長にほかならないのである。

『ハリー・ポッターと秘密の部屋』

　ダーズリー家は相変わらずハリーに辛く当たった。今年もハリーの誕生日を祝福してくれる人間は誰もいない。ホグワーツで友達になったロンやハーマイオニーからは手紙も来ない。すべては夢で、ホグワーツなんて存在しないのかもしれないと不安になるハリーだったが、そこへドビーと名乗る見たこともない生物が現れる。

ドビーはハリーをホグワーツに行かせないため、ロンたちからの手紙を隠していたのだった。危険なことが待っているからホグワーツに行かないで欲しいとハリーを説得するドビーだったが、どんなに危険でもダーズリー家よりはましだと思えたハリーは、今年もホグワーツへと向かう。

2年生になったハリーを待っていたのは、ドビーの言うとおり恐ろしい出来事だった。生徒たちが、次々と何者かによって石にされてしまうという事件が起きたのだ。犯人の居場所も正体もまったくわからない、ホグワーツ最大の危機がやってきたのである。

解決の糸口は犯人が残した『秘密の部屋』という存在だけ。今から一千年以上前、ホグワーツが設立された頃、純血を重んじる設立者サラザール・スリザリンは、他の創設者と意見が食い違いホグワーツを去った。

そのとき、スリザリンが自分の真の後継者が現れたときのために作ったと言われる部屋、それが『秘密の部屋』だった。

スリザリンの後継者が現れ、秘密の部屋を開けたのではないかと学校中が騒然となる中、ハリーは学校で誰にも聞こえない声を聞いていた。それは秘密の部屋にいる何者かが発した蛇語だった。ハリーはパーセルマウス（蛇語を話せる人）だったのだ。

学校のどこかにスリザリンの後継者が存在している、それは噂から事実へと変わっていった。そして、さらなる犠牲者が出た。ハーマイオニーまでが石になってしまい、とうとうロンの妹ジニーが連れ去られたのだ。ハリーはハーマイオニーが残してくれたヒントから、秘密の部屋の場所を突き止める。そして、ハリーはホグワーツを守るため秘密の部屋へと乗り込んだ。

そこで待っていたのは、トム・リドルという50年前にホグワーツに通っていた少年、まだ学生だった頃のヴォルデモートの記憶だった。スリザリンの末裔を母に持つトムは、在学中に秘密の部屋を発見し、いつか部屋を開けるために、自分の記憶を日記に残していたのだ。

マグルを憎んできたトム・リドル。

しかし、彼の興味はマグルを殺すことから、未来の自分の力を奪ったハリーに向けられていた。ハリーに多大なる興味を持ち、ハリーを殺害しようとするトム。しかし、ハリーはダンブルドアの助けによりトムを倒した。

そして、石になった生徒はすべて元に戻されホグワーツに再び平和が戻った。

【ハリーの成長日記】……………………

第1巻と同じように、第2巻でもハリーには精神的課題が課せられている。物理的課題はヴォルデモートの記憶であるトム・リドルの存在、では精神的課題とは何だったのか。それは自分を信じる力ではないだろうか。

ハリーは第1巻から誰にも言えず、常に心に引っかかっていたことがあった。それは、組分け帽子がハリーにスリザリンが相応しいと言ったことである。闇の魔法使いを多く生み出しているスリザリンに、なぜ自分が相応しいのか悩み続けていたのだ。自分はグリフィンドール生であると信じること、これが第2巻でハリーに課せられた課題だったのである。

ダンブルドアはトム・リドルと闘うハリーに組分け帽子を与えた。何に使うのか当惑するハリーだったが、それでもハリーはダンブルドアを信じて、自分を信じて、帽子を被ったのである。

その結果、ハリーが得た物は真のグリフィンドール生だけに与えられるという剣だった。組分け帽子は、自分はグリフィンドールに相応しい人間であると信じ、グリフィンドールにいた

いと強く望んだハリーを認めたのである。

闇の魔法使いに屈服することなく、自分の信じる道、希望する道を進もうとする強い決意。これがハリーが第2巻で見せた精神的成長なのだ。

『ハリー・ポッターとアズカバンの囚人』

今年もダーズリー家で夏休みを過ごしていたハリー。しかし、今年は去年までとは少し違っていた。ロンとハーマイオニーから誕生日プレゼントが送られてきたのだ。13歳になったハリーは、初めて誕生日がうれしいと思ったのだった。

しかし、ホグワーツでの始まりはうれしいものではなかった。シリウス・ブラックという凶悪犯が、魔法界の牢獄アズカバンを脱獄、ホグワーツにはアズカバンの守衛ディメンターが配備され、物々しい雰囲気が漂っていた。

しかも、シリウスの狙いはハリーだと言う。

そのうえ、ハリーは人間から幸福な気持ちを吸い取るディメンターを見るたびに、酷い恐怖心に襲われる。両親を失ったあの日の記憶が甦るのだ。

それでも、新しくホグワーツにやってきたルーピン先生の授業は楽しかったし、3年生になるとイギリスで唯一魔法だけの村ホグズミードへ行くことが許されるので、ロンやハーマイオニーは喜んでいた。ただ、ダーズリーから許可証を貰えなかったハリーは、こっそりホグワーツを抜け出すしかなかった。

そんなとき、ハリーは信じがたい事実を知ってしまう。逃亡中のシリウスはハリーの両親がヴォルデモートに殺されたあの日、ハリーの両親の居場所をヴォルデモートに密告していたというのだ。しかもシリウスはハリーの父親ジェームズの親友で、ハリーの名付け親だという。なぜ、シリウスは自分の父親を裏切ったのか、ハリーは今まで感じたことのないような怒りの感情を抱いた。

そして、ある日、とうとうシリウスがホグワーツに姿を現した。ロンをさらっていったシリウス、それを追いかけるハリーとハーマイオニー。そこにはとんでもない事実が待っていた。シリウスの狙いはハリーではなく、ロンのねずみスキャバーズだったのだ。

スキャバーズの正体、それはシリウスとジェームズの同級生ペティグリュー、彼こそがハリーの両親の居場所をヴォルデモートに密告した男だったのだ。シリウスを犯人に仕立て上げ、ねずみの姿で世間から身を隠していたペティグリュー。彼はアニメーガス（動物に変身できる魔法使い）だったのだ。

彼がなぜアニメーガスになったのか、それは彼らと同級生だったルーピンのためだった。学生時代、シリウスとペティグリューそしてジェームズの3人はルーピンが狼男であることを知った。そして彼と共に過ごすためアニメーガスになったのだ。

自分の無実をハリーに証明したシリウスは、ハリーと一緒に暮らしたいと申し出る。それはハリーにとって夢のような瞬間だった。

しかし、ペティグリューは再び逃亡、シリウスの無実が晴らされることはなかった。捉えられディメンターの到着を待っていたシリウス。ハリーは必死の思いでシリウスを逃亡させた。いつか彼と暮らせる日を夢見て……。

【ハリーの成長日記】…………………

第3巻では今までにない大きな成長を見せてくれたハリー。

カッとしてダーズリー家を飛び出したり、気になる女の子が現れたりという不安定で微妙な

感情の起伏は、ハリーが少年から青年へと変わっていく思春期の入り口を迎えている証拠である。

そして、そんなハリーを待ち受けていた壁は〝恐怖〟だった。

人間から幸せな気持ちをすべて奪い取り、恐怖の記憶だけを甦らせるディメンター。このおぞましい存在に対してハリーは過剰な反応を見せる。

とはいっても、ハリーが恐れていたのは決してディメンターの存在そのものではない。両親がヴォルデモートに殺された瞬間、このハリーに植え付けられた最も恐ろしい記憶がハリーを苦しめたのだ。ルーピンも指摘していたがハリーは〝恐怖〟そのものを恐れていたのである。

その恐怖と立ち向かったとき、ハリーは掛け替えのないものを得ることができた。それは父親の存在だ。

ダンブルドアはハリーにこうたずねている。「愛する人が死んだとき、その人は永久に我々のそばを離れると、そう思うかね？」。

両親を失ったときの恐怖に立ち向かい、両親を殺した人間への憎しみを乗り越えたハリーは、心の中に永遠に生き続ける父親の存在を見いだすことができたのである。

マグル式

〈ハリー・ポッター〉魔法の読み解き方

HARRY POTTER

Maggle's way of how to solve magic arts

平成13年10月25日　第1刷発行
平成14年1月25日　第20刷発行

著　者■
藤城真澄&ホグワーツ魔術研究所

発行者■
阿部林一郎

発行所■
株式会社　日本文芸社
〒101-8407 東京都千代田区神田神保町1の7
Tel: 03-3294-8931（営業）／Tel: 03-3294-8920（編集）
振替口座: 00180-1-73081
URL: http://www.nihonbungeisha.co.jp

印刷所・製本所■
図書印刷株式会社

ISBN4-537-25067-4
112011020-112020118 Ⓝ08

編集担当■
大谷清文

構　成■
藤城真澄

構成協力■
柳舘由香
宇治橋今日子
田村菜穂
大橋由美子
白井庸子
金沢利恵
真保久美子
北浜淳子
中村怜子
豊田実紀代
倉橋まや
泉晶子

企画編集総指揮■
杉森昌武（ポチ）

編集協力■
橋本勝喜（ユニビジョン）
安在美佐緒（編集の学校）

造本・デザイン■
中田薫（EXIT）